你以為花鈴
穿著制服
嗎？
呵呵~~♪
你太天真了，學・長♥
神宮寺花鈴
三姊妹中的小妹。人前是個天真爛漫的小惡魔，人後則會化身成暴露狂。興趣是畫暴露狂漫畫。座右銘為「藏頭露尾」。
就算是有點色色的
三姊妹，你也願意娶回家嗎？
chopperi H na Sanshimai demo Oyomesan ni shitekuremasuka?
2

「我會將雙眼所見的一切，一五一十呈報給肇大人。」
「啊嗯，不行！電線偏偏就這麼剛好纏住我的身體了！」
神宮寺雪音
三姊妹中的大姊。表面上是位文靜溫和的大天使，背地裡則是被虐狂的化身。興趣是從日常用品當中挑選出調教道具。座右銘是「被長狀物纏繞吧！」
寺園愛佳
就讀高中三年級，是神宮寺家的專屬女僕。為了監視天真與三姊妹的同居生活，受三姊妹的父親神宮寺肇指派而前來的刺客。座右銘是「默默行事」。

「學長！請仔細看好喔？請目不轉睛地注視花鈴上廁所吧！」
神宮寺月乃
三姊妹中的次女。表面上是傲嬌系的可愛美少女，私底下則是行走的發情機。興趣是檢查天真的私人物品。座右銘是「一觸即發」。
「啊呼……好大……天真的香蕉……」
一条天真
成績優秀卻家貧如洗的高中生。儘管接下與三姊妹同居的打工，但每天都有吃不完的苦頭和吐槽不完的事物。座右銘是「使命必達」。
（不妙……！這下不妙啊！）

哈啊……哈啊……
畢竟這也是新娘修行嘛……！

天真學長，
你是來偷窺的嗎？
好色喔——！
說到蜜月旅行，
當然就是混浴的
露天浴池了嘛～

太、太厲害了！
靈感源源不絕地湧現啊啊啊啊啊！

嗚嗚嗚……
嗚嗚嗚……
喂、喂……！
這個怎麼會！
哇……
實在太糟糕了……
花鈴變態的一面曝光了!?

學長，這是目錄喔！

choppiri H maidemo
Oyom ni
shitekurema ka?
2

就算是有點色色的
三姊妹，你也
願意娶回家嗎？
2
choppiri H na
Sanshimai demo
Oyomesan ni
shitekuremasuka?
Kadokawa Fantastic Novels

序章

「呵呵！歡迎光臨，天真學弟。」

「我等你好久了，天真學長！」

「天、天真……不要一直盯著看啦……」

一打開門，就傳來三道聲音迎接我。

這裡是位於某個祕境的溫泉。

抬頭便能仰望蒼穹的露天浴池。略呈乳白色的泉水從岩石之間源源不絕地湧出，四周籠罩著氤氳的蒸氣。後方還有渲染著青翠新綠的群山景致作為背景，能讓人深入感受到大自然的魅力，稱之為絕景一點兒也不為過。

此時此刻，我的眼前出現三名美少女。她們是神宮寺家的三姊妹，而我目前基於某些不可言喻的理由正與她們同居中。

畢竟是在這種地方所以沒辦法，她們三人近乎全裸。雖然已經用毛巾勉強遮住胸部與臀部，但美麗細緻的肌膚在我眼前一覽無遺。

「天真學弟，過來嘛～我會幫你洗澡喔？」

大姊雪音小姐展開雙臂，晃動著雄偉雙峰這麼說。

「在那之前，先替花鈴洗澡吧～你不會拒絕吧？天真學長！」

小妹花鈴用著天真無邪的聲音撒嬌，同時悄悄地朝我露出胸部。

「天、天真……我們互相洗吧……」

接著說道的是次女月乃，她儘管滿臉通紅，仍與另外兩人一搭一唱。

近乎全裸的三姊妹溫柔地勾引我。一絲不掛的三人美得有如藝術品一般，我差點就忍不住看呆了。

不過，現在可不是顧著欣賞的時候。

我一邊在腰間圍上毛巾，一邊大聲喊出理所當然的疑問：

「妳們怎麼會在這裡！這裡可是男湯耶！」

簡直莫名其妙。

我敢肯定自己是鑽過寫著「男」字的門簾才對。她們出現在這裡實在太奇怪了！

「因為我們是天真的新娘呀？夫妻當然就該一起泡澡嘛？」

「這也是新娘修行的一環！為了將來，我們必須趁早習慣才行！」

「只有今天特別破例喔……！剛好也能當作克服發情的修行……」

話說回來，她們三人居然一點都不認為自己有錯，還說得一副理所當然的樣子。

「給我等一下，雖然說是夫妻，但終究只是假想的而已！再說了，萬一走進來的是其他人怎麼辦！」

「放心吧～不會有其他人來的。因為這裡已經被我們包下來了呀？」

雪音小姐挺起胸膛，神氣地笑道。毛巾底下的豐滿巨乳波濤洶湧地晃動起來。

「那也不行！禁止不健全的逾越之舉！」

「真是的，何必那麼死腦筋～嘿！」

「唔噗！」

雪音小姐突然走向我，接著伸手環過我的背，二話不說地用力抱緊我。

我的身體順勢緊貼在雪音小姐身上。她的胸部有著飽滿的彈力，將我的整張臉包覆其中。

「呵呵！天真學弟～好乖～」

「——唔——唔！」

她用力壓住我的後腦勺，將我的臉緊緊按在她的胸口。

柔軟而豐挺，同時無比溫暖的胸部觸感。壓倒性的波壓將我的臉緊緊鎖住，讓我完全無法動彈。

「不用那麼擔心啦～天真學弟。就只是洗澡而已。（我會以奴隸的身分無微不至地伺候你的♪）」

雪音小姐朝死命掙扎的我露出一抹微笑。然而，她的眼瞳深處卻透露出真正的變態心聲。

都已經夠頭大了，花鈴和月乃此時也來到我身旁。

「天真學長。要先幫花鈴洗喔！（讓我們裸裎相對吧！）」

「要是你敢做出奇怪的事情，我真的會生氣喔……（好想和天真做色色的事情。哈啊哈啊……）」

打著泡溫泉的正當名義，朝氣蓬勃地大露特露的花鈴（暴露狂），以及雙頰染上紅暈的月乃（發情狂）。

這下看來她們三個人全都發情了！三姊妹全都暗自興奮中！

要是再繼續這樣下去，她們的性癖會被彼此發現啊！拜託妳們也隱藏得好一點！不要三個人都被性慾牽著走啊——！

「喂，別鬧了，笨蛋！妳們離我遠一點啦啊啊啊啊啊！」

為了守住我的貞操和三姊妹的祕密，我大聲地發出了靈魂的吶喊。

第一章 監視人是女僕小姐

我聽見門鈴聲後來到玄關一看，眼前站著一名身穿女僕裝的女子。

「你是一条天真同學對吧？」

女子那對給人理性印象的鳳眼正筆直地注視著我，同時語氣凜然地開口詢問。

「咦？啊，我是……請問妳是……？」

「我叫寺園愛佳，奉肇大人的命令，來視察各位的生活。」

視察生活——

這句話裡夾帶著危機四伏的弦外之音，我的背上頓時直冒冷汗。

我現在正和神宮寺家的三姊妹——雪音小姐、月乃以及花鈴過著同居生活。

這是因為我接受她們父親肇先生的委託：「為了讓女兒們為將來嫁入其他名門作好準備，希望你能以臨時夫婿的身分與她們三人同居。」簡單來說，就是特殊的新娘修行。而我則是完全衝著天價的薪水，才接下這份工作。

然而，實際開始工作後才知道誤上了賊船——三姊妹根本全部都是變態。姊妹三人各自有著不同的性癖，而且肇先生完全不知道這件事。

萬一肇先生發現了她們的性癖，再考慮到我和三姊妹之間誤嘗禁果的危險性，一定會即刻解除同居生活，這麼一來我就領不到薪水，也就無法償還債務了。

所以一直以來，我無所不用其極地想方設法滿足三姊妹的性慾，在守住最後一道底線的同時，成功防止她們暴走失控，並替她們保守祕密。而我每天的生活就是努力讓她們成為出色的新娘子，然而……

「你和小姐們相處得很好呢……比我想像的，更加更加要好呢。」

這名自稱愛佳的女子冷不防地丟出別具深意的一句話。

這句話究竟是什麼意思……？

我和她們三姊妹確實正和樂融融地同居著，最近也總算得到月乃的認同了。不過從這名女子剛才的口氣聽來，總覺得似乎別有所指……

話又說回來，這個人前來的目的究竟是什麼？說是要視察，到底要視察些什麼？而且為什麼突然有此必要呢？

雖然我想應該是不至於……但該不會三姊妹的祕密被發現了？我們實際上過著什麼樣的生活，她全都一清二楚嗎……？

不、不會的！絕對不可能！至今為止的生活當中，並沒有發生什麼會被他人拆穿祕密的破綻。儘管之前派對那件事確實很驚險，但最後也順利解決了……
沒錯，不可能會被知道。一定只是我想太多了。
「總而言之，可以先讓我進去嗎？詳細情形等進屋後再談吧。」
「唔！」
不妙……！這下不妙啊！現在三姊妹可是正在家裡火力全開地發情啊！
花鈴特地到我的房間換衣服，企圖讓我看見她裸露的身體；月乃正盯著我的牙刷蠢蠢欲動；雪音小姐則是化身成椅子想要侍奉我。她們三人一定還處於亢奮之中吧。
如果現在讓她進屋，絕對會目睹到三姊妹的變態模樣。在那一瞬間，三人的祕密就會曝光！
「呃，那個……不好意思！請妳稍候一下！」
我一時太過心急，順手「磅！」地用力關上門。接著在走廊上一路狂奔，前去找三姊妹她們。
如果她們的變態行為還沒克制下來，我就必須立刻阻止她們才行！
打定主意的我，首先跑向客廳——
「啊……啊啊嗯……！天真學弟！啊啊，叫錯了！主人！請更加用力地撞向我吧！哈啊哈啊……！」

「…………」

有著一頭烏黑長髮，散發出成熟韻味的女子——三姊妹中的大姊神宮寺雪音小姐正趴在地板上，同時不停地前後擺動腰部，就好像有什麼東西正不斷地猛烈撞擊著她的臀部似的。

「啊，主人！您終於回來了。」

「是、是啊……話說回來，妳這是在做什麼……？」

「我正在練習如何用身體侍奉主人呀？為了能隨時回應主人愛愛的命令，所以正努力練習擺腰喔。啊嗯！主人！再用力一點！就讓我這個女奴隸好好取悅您吧！」

總覺得好像比剛才更過火了——！變態行為持續惡化中——！

雪音小姐是個一心想成為奴隸，名副其實的被虐狂少女。成為奴隸侍奉他人，或是受到殘酷對待，反而更會讓她感到性快感的變態。她擅自把我認定為主人，動不動就想向我提供色色的服務。

平常時的她是名清純端莊的千金小姐……只是再怎麼無可挑剔的外表與內涵，如今也全都敗在這副獨自擺腰的模樣上了。

制服的裙子隨著她每次前後擺腰的動作慢慢捲起，黑色內褲底下的臀部也跟著露了出來。不僅如此，腰部擺動的作用力使得內褲陷進雙臀之間的深溝裡，細滑白皙的渾圓臀瓣幾乎一覽無遺。肉感十足的豐滿翹臀配合著腰部的動作劇烈地彈晃，令人讚嘆的壯觀美臀彷彿輕顫般地小幅度抽搐著。

「主人！不嫌棄的話，請直接開始進入正戲吧！讓我替您解決早晨需求！」

「現在可不是做這種事的時候！拜託妳收斂一點！」

沒錯。可不能被她牽著鼻子走。現在必須立刻阻止雪音小姐才行！

「雪音小姐，快點停止擺腰啊！趕快變回平時的雪音小姐吧！」

「啊嗯！主人的命令……！哈啊哈啊……♪」

「別露出一臉愉悅的表情啦！拜託！我說真的！快點停止吧！」

「主人……儘量粗暴地蹂躪我的身體，就算壞掉也無妨……」

雪音小姐完全聽不進我的話，臉上盡是沉淪於快感的恍惚神情。接著她像是要誘惑我似的，開始左右擺動起臀部。

「…………嗚嗚！」

看到她這副模樣，我忍不住哭了出來。

「咦……咦？你怎麼了，天真學弟……？」

我的眼淚似乎讓雪音小姐動搖了。原本恍惚的神情頓時褪去，換上一臉不知所措。

「拜託妳好好聽我說……！情況不妙啊……嗚嗚……！」

若是雪音小姐繼續失控下去，萬一被愛佳小姐撞見了，我鐵定會被開除。正因為事態相當危急，急得像熱鍋上螞蟻的我，才會忍不住流下眼淚。

「啊！對、對不起，天真學弟！因為我是個變態，害你受委屈了嗎……？」

「原來妳還有身為變態的自覺嘛……？嗚嗚嗚……」

「真、真的很對不起！我會好好聽你說的，你別哭了好嗎？」

雪音小姐拚命地想要安撫我。她果然是個本性相當善良的人吧……

總之，想向她說明的話，只能趁現在了。我急忙擦乾眼淚，告訴她有個名叫寺園愛佳的女子來訪。

「咦？愛佳居然特地來到家裡嗎？」

從雪音小姐的反應看來，她很顯然認識那名女子。

「雪音小姐，那位愛佳小姐是誰？是神宮寺家的人嗎？」

「嗯、嗯。怎麼說呢……愛佳其實是——」

「我怎麼了嗎？」

女僕裝女子無聲無息地出現在我的正後方。

「呀啊啊啊啊啊啊啊啊啊！」

女子突如其來現身，讓我不由自主地發出悲鳴。

原本趴在地上的雪音小姐也連忙站起來，並且裝作一副若無其事地開口打圓場，這是因為周圍的人們都還不知道她本身的性癖。

「……對著別人的臉大叫是非常失禮的舉動喔？」

愛佳小姐用著冷若寒冰的視線糾正我。好可怕……

「對、對不起……不過，我剛才不是請妳稍候一下嗎……？」

「抱歉，我擅自進屋來了。因為以這身打扮站在門口，實在太引人側目了。」

既然如此，就別穿成那樣過來啊！想歸想，現在的我實在沒有多餘的心力開口吐槽。愛佳小姐的視線無比銳利，讓我不由得感到退縮。

就在此時，雪音小姐開口詢問她：

「愛、愛佳……？妳怎麼會來這裡？妳現在不是應該跟在父親身邊嗎……？」

「早安，雪音小姐。我會詳細向您說明來訪的理由……不過在那之前，容我詢問您一件事。」

愛佳小姐話說到一半便停下，眼神銳利地凝視著雪音小姐。

而且——全身迸發出非同小可的壓迫感。

「您剛才為何對著天真同學激烈地擺動腰部呢？」

「——唔！」

愛佳小姐散發出的強烈氣魄，嚇得雪音小姐不由得全身一顫。

該、該不會……剛才那一幕全被看到了？而且愛佳小姐似乎怒不可遏！

「那個舉動究竟是怎麼回事？簡直就像是在引誘天真同學似的。為什麼身為神宮寺家堂堂大小姐的您，會做出那般猥瑣的舉動呢？」

「啊、啊唔……啊唔啊唔啊唔……」

在愛佳小姐懾人目光的狠瞪之下，雪音小姐只能不停張合雙唇，說不出半句話。

喂喂喂，這個人超可怕的耶！不但說話的口氣和態度非常嚴厲，更重要的是她身上那道魄力究竟是怎麼回事？總覺得隱約可以在愛佳小姐的身後看到一片雷霆萬鈞的黑暗氣場。

雖說如此，一直沉默下去也不是辦法。必須想辦法蒙混過去，否則雪音小姐的被虐狂本性就要曝光了！

雪音小姐大概也和我想著同樣的事情吧，儘管幾乎快被愛佳小姐那可怕的氣場吞噬殆盡，她仍然努力地開口辯解：

「怎、怎麼說呢……？這個……其實是……最近很流行的減肥法！名為瘋狂擺腰啪啪啪減肥法喔！」

少鬼扯了！才沒有那種減肥法！這樣根本是提油救火啊！

「我從來沒聽說過有這種減肥法。」

「因、因為……這是我想出來的減肥法！藉由激烈擺動腰部來達到燃脂的效果！」

說著說著，雪音小姐像是要與之抗衡似的，同樣目不轉睛地直視愛佳小姐的雙眼。

這都是為了讓對方相信她並沒有說謊。

「……原來如此。既然是這樣就沒問題了，只是下次請在自己的房間裡鍛鍊，免得招來不必要的誤解。」

「嗯、嗯……抱歉，做出這種引人遐想的舉動。」

愛佳小姐收起身上散發的壓迫感。看、看來成功蒙混過去了……

「話說回來，另外兩位小姐呢？怎麼沒看到月乃小姐和花鈴小姐……」

「她們應該還在房間裡吧？我今天也還沒碰到她們。」

「是嗎？真拿她們沒辦法。那麼，就由我去叫她們起床吧。有什麼話，等眾人都到齊後再說。」

說完，愛佳小姐便準備離開客廳。

「等等……！等等等等一下！先等一下！」

我連忙擋在愛佳小姐面前。

我非常清楚。那兩人現在也和雪音小姐一樣，正在做著變態的行為。

「由我去叫她們吧！愛佳小姐和雪音小姐一起在這裡等就好。」

「……你為什麼要如此拚命地阻擋？難道有什麼不方便讓我前去的理由嗎？」

愛佳小姐目露凶光地瞪著我。她那嚴厲的目光讓我有一瞬間感到退縮。

話說她的視線和直覺都好敏銳……三兩下就直搗核心。

不過，我說什麼都不會讓步！這也是為了守住她們姊妹的祕密！

「這種工作怎麼可以勞煩客人去做呢！所以，還是由我去帶她們過來吧。」

「……我明白了。那麼就麻煩您了。」

愛佳小姐被我說服後，就不再堅持。

我見狀，便立刻快跑離開客廳，前去叫月乃她們過來。

※

什麼嘛！那個人究竟是什麼來頭？

我可從來沒聽說過神宮寺家有個這麼厲害的女僕啊！感覺她和三姊妹似乎彼此認識，只不過她們究竟是什麼關係？而且她還說要視察我們的生活……

總之必須趕快去把另外兩人找過來，然後再聽愛佳小姐詳細說明了。

雖然可以確定月乃和花鈴都已經起床，但她們目前人在哪裡我就不知道了。於是我跑遍整間房子，想要找出她們兩人。

之後，我來到洗手間——

「呼……呼……天真的制服……！好舒服喔……！」

化著自然裸妝的金髮少女——神宮寺家的次女月乃正穿著我的制服。她的表情有如沉淪於情慾之海似的迷亂而蕩漾。

「啊……嗯嗯……感覺就好像被天真緊緊擁在懷中一樣……！」

月乃一邊聞著我制服上的味道，同時從唇瓣間流洩出欣喜之聲。月乃將襯衫鈕扣大大敞開，底下穿著的蕾絲胸罩一覽無遺；至於下半身，則只穿了與胸罩成套的小褲褲。

這個變態……！這傢伙同樣比平常瘋得更嚴重！

有別於剛才還試圖抑制性衝動，現在的月乃已經完全處於發情狀態。大概是這樣才會穿著我的制服吧。沒記錯的話，那套制服原本應該是放在盥洗室再裡面一點的脫衣間洗衣籃裡才對。

「喂，月乃！快點回神啊！」

「哈……！天真！」

聽到我叫她的名字，月乃這才注意到我的存在。她立刻斂起原本迷亂的表情，急急忙忙脫下我的制服。看樣子應該是恢復正常了吧。

「不不不不是的！你剛才看到的，並不是你想像的那樣……！對、對了！因為今天負責洗衣服的是我，所以我只是想要確認衣服的髒汙——」

「無所謂啦！不，當然有所謂！不過事到如今，已經沒必要裝傻了啦！」

月乃的性癖是發情癖。只要觸碰到男性，就會滿腦子充斥著色色的事；當她過度在意異性時，就會失去理智做出變態行為。

這次大概也是因為不小心碰到我放在洗衣籃裡的制服，才會開始暴走吧。為什麼這傢伙對著我私人物品發情的症狀，一天比一天嚴重啊？

「是說月乃！妳快點穿上衣服啦！」

「咦……？」

被我這麼一說，她總算想到要確認自己的模樣。現在遮蔽住她身體的就只有純白色的胸罩與內褲。

月乃瞬間一口氣從頭紅到腳。

「怎、怎麼會……居然被天真看到我的內衣褲……啊啊啊嗯……」

「真是夠了，根本沒完沒了！我不看就是了！拜託妳不要再繼續發情了！」

我拚了命地安撫月乃，等她冷靜下來後，再指示她前往客廳。

接著我又立刻前去尋找剩下的最後一個人。她剛才在我的房間裡，現在應該也還在二樓才對，於是我急忙跑上樓梯。

爬到一半時，與一名個頭嬌小的少女撞個正著。

「啊！學長，怎麼了嗎？看你匆匆忙忙的？」

出現的人正是我苦苦尋找的神宮寺家小妹花鈴。她身穿制服，站在樓梯上居高臨下地俯視我。不同於雪音小姐和月乃，花鈴看來並沒有做出什麼變態行為。我不由得鬆了一口氣。不，一般來說這樣才是正常的吧？

「太好了……妳沒有做出奇怪的事……」

「咦～那句話是什麼意思？聽起來就好像花鈴平常總是在做奇怪的事情一樣～」

「我說得一點也沒錯吧……剛才妳不就當著我的面換衣服嗎……」

花鈴的性癖是暴露狂。是會在我面前脫衣服，讓我看到她的裸體和內衣褲，再從中獲得快感的變態。這樣腦袋根本不太正常吧？

「唔哇，學長超失禮的耶！人家現在明明就有乖乖穿著衣服～只不過……」

花鈴話說到一半便停下，接著伸手抓住自己的制服裙子，然後——

「我沒有穿內褲就是了♪」

她向我投來一記染滿羞澀的笑容，同時優雅地掀起裙子。

「唔——！」

我當下火速從花鈴身上移開視線。

然而，僅有一瞬之間閃過視野的下半身，無庸置疑地確實只有一片肉色。就如同她的宣言所示，真的是一絲不掛。

現在她最重要的部位，恐怕完完全全裸露在外吧。

「啊哈！在學長面前露出羞羞臉的部位了……小穴穴不禁抽搐起來了……！」

「唔……！」

這些傢伙……！一個個為所欲為，沒一個正常的！

到底知不知道我是多麼拚命地想替妳們守住祕密啊！拜託配合一下好嗎？萬一性癖被發現了，妳們也很傷腦筋吧？

突然覺得有點火大。

我握住花鈴的手，接著以蠻力將嬌小的她強拉過來，同時踏著強而有力的步伐爬上樓梯。

「啊！學長！你要做什麼？」

「少囉嗦，跟我來就是了！我現在就替妳穿上內褲！」

「咦！學長要幫我穿嗎？基本上你這樣算是性騷擾喔！」

「妳最沒資格說我啦！」

之後我拉著花鈴回到她房間，並逼她穿上內褲後，兩人便一起前往客廳。

※

「發生什麼事了？天真同學。你看起來似乎非常疲累。」

「不，沒什麼……什麼事也沒有……」

擺平變態三姊妹回到客廳時，我已經筋疲力竭了。

三姊妹們正在享用雪音小姐準備好的早餐，愛佳小姐則克盡女僕的本分隨侍在側。

至於我則是累到趴在餐桌上。

「好久不見了，愛佳小姐。爸爸最近還好嗎？」

「和過去沒什麼兩樣。依舊一如往常地忙碌，整天埋首於工作。」

「愛佳學姊的衣服好可愛！等一下也借花鈴穿穿看吧～！」

「好的。如果不嫌棄備用的服裝，請儘管試穿。」

月乃和花鈴對愛佳小姐說話的態度，遠比我想像中的更加親暱。

果然她們三姊妹都與愛佳小姐熟識，搞不清楚狀況的就只有我一個人，感覺就好像

只有我被排擠在外。

「不過妳怎麼會突然過來呢～～？應該不是單純過來找我們玩的吧？」

「是的，當然是為了工作而來的。現在就容我向各位說明。」

在雪音小姐的開口詢問之下，愛佳小姐總算開始切入正題。

「首先，這也算是為了天真同學吧，請容我先自我介紹一下。我叫做寺園愛佳，與雪音小姐同樣是十七歲，平時和大家就讀同一所高中，另外也兼任肇大人的祕書。不過正確來說，目前還只是實習身分。」

「肇先生的祕書……？」

這麼說來，她剛剛也說過是奉肇先生的命令前來家中的……

「就如同我剛才向天真同學說明的一樣，我來到這個家的理由正是為了視察各位的生活。」

「咦？視察……？什麼意思？」

月乃不解地詢問，愛佳小姐十分淡定地接著說道：

「這是肇大人當面交待我的。他表示：『最近因為工作繁忙，常常不在家，請妳代替我前去觀察天真與我的寶貝女兒們的生活。』」

肇先生將三姊妹的新娘修行任務委託給我時，原本打算由他本人親自監視。只是後來工作變得比預期中更加忙碌，沒辦法親自盯著。

於是才會派實習祕書愛佳小姐過來吧……

「肇大人也說了，天真同學是個非常值得信賴的人。只不過，在同一個屋簷下同居久了，難免還是會令人有點擔心。」

「嗯，這倒也是……」

縱使肇先生再怎麼相信女兒們，一直放牛吃草，當然也還是會擔心嘛。

不過所謂的視察……

「該不會愛佳學姊暫時也會和我們同居吧？」

「正是如此。」

愛佳小姐點頭回應花鈴的提問。

「接下來的一週，我會負責監視各位的臨時夫妻生活過得如何，之後再將雙眼所見的一切，一五一十呈報給肇大人。」

「啥……！」

居然要向肇先生報告生活中的一切……？

「比方說，我只是舉例……萬一在這段同居期間，你們之間有任何不合宜的逾矩行為，我也會一五一十地向肇大人報告。既然我的工作是負責監視各位，那麼我可不會保留任何情面，請各位作好覺悟。」

愛佳小姐如此說完，以銳利的視線掃過我與三姊妹——尤其是我。

這個狀況……堪稱是前所未有的最大危機啊！

若是愛佳小姐真的住進來，二十四小時緊盯著我們的生活，三姊妹們的戀態性癖極有可能會穿幫！萬一月乃發情起來，或是雪音小姐和花鈴克制不住性慾而做出變態行為，那一瞬間就全都完蛋了！

如此一來，即使我根本沒有主動對三姊妹出手，同居的委託也會立刻被取消。到時不但是我沒了工作，就連三姊妹拚命想隱瞞的性癖也會曝光。

意識到這些危險性的似乎並不只有我。

「「「…………」」」

聽完愛佳小姐的話後，三姊妹紛紛從她身上稍微別開視線。

因為她們三姊妹全都對我以外的人隱瞞自己的性癖。即使是姊妹之間也不例外，每個人都一心以為姊妹當中，只有自己一個人是變態。

這也代表著她們有多麼害怕自己的性癖被發現。

所以想當然耳，對於現在這個狀況不可能不焦急。

「可、可是……愛佳其實也沒必要非得住進來嘛？」

「就、就是呀～愛佳學姊一定也很不方便吧，只要白天來視察就好啦……」

「我也覺得這樣比較……」

月乃等人十分婉轉地試著請求愛佳小姐在監視時稍微放水一下。

「這可不行。這也是非常重要的工作。還是說，你們的生活當中，有什麼不方便被監視的理由嗎？若真是如此，那麼我更必須認真監視才行。」

「「「…………」」」

愛佳小姐的嚴厲回應澈底擊沉了三姊妹。

現在這個狀況遠比之前派對時更加危險！當時幸虧發現三人祕密的那名叫什麼諒太來著的青年原本就不得肇先生的信任，所以才能勉強蒙混過去。

就這一點來說，愛佳小姐畢竟是肇先生十分信賴才會親自指派前來的人物。萬一祕密被發現了，不管再怎麼裝傻、打迷糊眼都不管用。

不過，無論發生什麼事，都絕對不能讓三姊妹的性癖曝光。這不僅是為了讓三姊妹平安順利地度過平穩的人生，也是為了讓我償還債務。

所以——

「天真同學也請務必多加留意喔？以免立刻被開除。」

「唔！」

什、什麼嘛……？那句話究竟是……為什麼要對我說這些呢？

只是單純以監視人的立場提醒我嗎……？但是，從她剛才的態度感覺起來，似乎並不只是如此而已。她果然——已經知道祕密了吧？

不，先等等。如果她真的發現祕密了，應該早就把三人的性癖向肇先生稟報，而三人的同居生活也會立刻被取消，根本沒必要特地前來監視……

也就是說，目前應該還沒有穿幫。由於愛佳小姐基本上都掛著一張嚴肅的撲克臉，很難捉摸她究竟在想些什麼。也是因為這樣，才會讓人覺得她所說的每一句話，聽起來都彷彿暗藏著弦外之音。

總而言之，為了避免三姊妹的性癖曝光，必須設法撐過這場監視風暴！

「當然了，我由衷相信天真同學與小姐們的同居生活絕對是清清白白的。」

愛佳小姐向我輕輕躬身致意後，便結束了這個話題；隨後則緊接著開口說：

「話說回來，各位是不是差不多該去上學了？」

「呃，唔哇！真的耶！這下會遲到的！」

我看了一下時鐘，平常這個時間早就已經出門了。今天本來就已經比較晚才起床，實在沒時間再繼續悠哉下去。

「喂！不會吧？必須趕快準備才行！」

「哇——！花鈴還沒吃完耶！」

「大家動作快！現在還有機會趕上電車！」

愛佳小姐的一句話讓眾人當場陷入混亂。

然而唯獨她本人則是穿著女僕裝，一副氣定神閒地站在原地。

「咦……？愛佳不去上學嗎？」

「我晚點再過去。接下來必須先去向肇大人請安。」

看來除了監視我們之外，她還有許多工作要處理。真不虧是大企業的社長祕書。

「啊，差點忘了。最後還有一件事，天真同學，這是要給你的。」

「咦？」

愛佳小姐向我遞來一封細長形的信封。拆開之後，裡頭裝著一張折好的紙。至於紙上寫的內容是……

「這是付款通知書。天真同學本月的薪水如記載所示。」

「咦，薪水……唔哦哦哦哦哦！」

我打開紙張一看，上頭所寫的金額讓我嚇到差點跪倒。

一開始肇先生所提的「百萬月薪」那個數字就已經相當具有衝擊性了，當下的這個數字更是有過之而無不及！

「肇大人說了，這是為了感謝你在派對上救了月乃小姐的謝禮。金額會在月底匯入您的帳戶，再請您確認了。」

「真、真的嗎……？感感感感激不盡——！」

這個金額……！足以讓母親與妹妹生活好幾個月的金額！

晚一點回家一趟，向妹妹報告吧。她一定會很開心的！

「呵呵！唔呵呵。呵呵呵呵……！」

「喂！現在可不是笑的時候！你也快去準備出門啦！」

「啊！抱歉！差點忘了！」

我急急忙忙收好東西，和月乃她們一起出門。

※

連忙加緊動作的結果，我們總算順利趕上目標的電車。

這下就能逃過遲到的命運了。趕在發車前勉強搭上車，朝著目標的車站出發。

「哼……哼哼……噗哈哈哈哈哈！薪水……這麼大筆錢是我的了！」

我一再拿出愛佳小姐交給我的付款通知書，反覆確認上面的金額。糟糕，我完全抑制不了笑意。

「喂……很丟臉耶，安靜一點啦……是說你很噁心耶！」

「哷哇哈哈哈哈！隨便妳怎麼說！任何冷嘲熱諷都對現在的我不管用！」

面對月乃的冷眼提醒，我依然故我地放聲大笑。

老實說，我自己也覺得自己很噁心。不過，畢竟這是我有生以來第一次拿到這麼多錢，會有這種反應也是人之常情吧。或許是太興奮了，我現在不禁好想狂奔。

哎呀——今天真是美好的一天啊！得好好感謝愛佳小姐才行！

「話說回來，愛佳小姐果然是個狠角色吧？年紀輕輕就擔任肇先生的祕書……」

三姊妹的父親肇先生是知名企業ＺＧ集團的社長。身為高中生卻能在如此大人物的身邊工作，儘管只是實習生，但一般人是絕對辦不到的。

「嗯～因為愛佳他們家與神宮寺家有深厚的淵源，我想這也是其中一個理由吧。」

聽雪音小姐說，寺園家自古以來便一直效忠神宮寺家。而且根據寺園家的家規規定，後裔代代都必須侍奉神宮寺家的人，因此在成長過程中，從年輕時就必須開始接受相關的教育。

「當然了，愛佳本身也非常出色。不但精通五國語言，祕書檢定也理所當然地取得一級。此外，她似乎也相當熟悉法律知識，總之真的非常聰明～要不是因為祕書的工作太忙，學校考試絕對可以超越我，穩拿年級第一名吧～」

「真的假的？未免也太優秀了！」

雪音小姐在我們就讀的青林高中，向來以第一名的成績為豪。愛佳小姐所擁有的潛能竟然還在雪音小姐之上嗎……！

「愛佳學姊似乎相當受到倚重喔。雖說是實習生，但祕書工作基本上都是全權交由她處理的。」

「爸爸也是對她讚譽有加，常說她遠比一般大人更加機靈而出色呢。」

堂堂大企業的社長竟然也如此看重她……她該不會是個空前絕後的菁英人才吧？

「還有啊，愛佳在上高中以前，也會常常過來照顧我們的生活起居。」

「愛佳小姐就連當起女僕也是一流水準喔！真的是個樣樣精通的人呢！」

「雖然有時候很可怕就是了～經常一臉淡然地對我們說教，或是提出嚴厲指正。」

確實從她散發出的氛圍來看，就能知道她不僅嚴以律己，同時亦嚴以待人，是個絕對招惹不起的人物。

「話說，先別閒聊了……關於愛佳來視察的事，真的不會有問題吧……？」

「啊……」

被臉上滿是不安的月乃這麼一問，我才終於想起當前的危機。沒錯，現在可不是被薪水沖昏頭的時候，得好好思考接下來的對策才行。

月乃一臉擔心自己的性癖會被發現的模樣。而且，不只她一人露出這樣的神情。

「她說要來監視……果然是認真的吧？」

「必須多加小心注意，以免惹愛佳學姊生氣……」

雪音小姐和花鈴都非常害怕性癖曝光。雖然當著姊妹們的面，她們各自閃爍其詞，但光從表情就能窺知一二。

我一邊觀察她們的表情，一邊思考該怎麼度過這段視察生活。

「……總而言之，必須讓愛佳小姐看見我們的臨時夫妻生活過得非常順利……」

為了通過愛佳小姐的視察，我現在必須做的事情就是全力守住三姊妹的性癖祕密，同時確實履行夫妻生活。

我與她們三姊妹同居的目的，就是陪她們一起預習夫妻生活，好讓她們成為出色的新娘。要是無法讓愛佳小姐看到她們和我這個臨時夫婿和樂融融相處的模樣，我存在的意義恐怕也會被打上問號吧。

只不過愛佳小姐與三姊妹接觸的時間愈長，三姊妹性癖曝光的危險性必定也會隨之增加……

「大家務必小心謹慎，絕對不能做出會引起愛佳小姐與肇先生反感的行為……妳們三個都要多加注意喔？」

關於這個部分，也只能相信她們的理性了。由於三姊妹都在場，我特地兜圈子地提出忠告。

「我、我當然知道！儘管放心吧……」

「我也會時刻提醒自己要平凡度日的……！」

「我會注意不要玩過頭的……」

三個人都避免提及性癖的事，回答得模稜兩可。

總覺得聽起來似乎沒什麼自信耶……真的沒問題嗎……？

「喂，那個男的是誰啊？怎麼會和神宮寺同學在一起？」

「誰知道──該不會是男朋友吧……？」

一陣窸窣話語聲不經意地流進耳內。我瞥了一下四周，同校的男學生們正向我投來冰冷的視線。

糟糕。由於和月乃她們一起上學，我頓時成為周遭人們矚目的焦點。平時為了避免演變成這種情況，我總會刻意和她們錯開時間上學，只是今天實在無暇顧慮那麼多……

無論月乃、花鈴還是雪音小姐，全都是眾多學生憧憬的對象。人氣極高的她們如今不但聚集在一起，而且身邊還跟著一個男生，會格外受到矚目也是無可厚非。男生們充滿嫉妒與怨念的視線，有如針一般不斷刺向我。

此外，隨著電車愈來愈接近學校的停靠車站，沿站上車的同校學生也愈來愈多，開始有人出聲向三姊妹打招呼。

「雪音同學，早安！」

「啊！早安～今天也一起加油吧～」

身為學校的學生會長、廣受全校學生崇拜的雪音小姐，笑容可掬地回應周遭人們的寒暄……

「月乃！今天要不要和我們一起去玩？我們出錢！」

「啥？煩死了！可以不要靠近我嗎？會汙染我的空氣耶！」

月乃貫徹討厭男生的人設，冷冷回應那群搭訕的男同學……

「花鈴果然好可愛呢……」「就是啊，到底都吃了什麼，才能長得那麼可愛啊？」

「嘿嘿嘿～大家都在討論花鈴耶～？」

非常受到學長們歡迎的花鈴，對著緊盯著她不放的高年級男學生們揮揮手。

這些傢伙……今天也是老樣子，依舊是學校裡的人氣王。

然而，那些對三姊妹阿諛奉承的學生們，根本沒人知道她們真正的本性。清純可人又溫柔的雪音其實是超級被虐狂；總是與男生保持距離的月乃實際上動不動就會發情；

天真爛漫、惹人憐愛的花鈴實際上則是個暴露狂。

要是發現三姊妹其實都是變態，不知道在場的人們會露出什麼表情？

我靜靜盯著人氣王三姊妹，漫不經心地思考著這些事情。

※

傍晚放學後——

我並沒有回去神宮寺家，而是回到闊別了數週的老家前。

至於目的就如同早上所打算的，專程回來與家人分享薪水的事。

這個時間老媽大概還在工作，但妹妹應該已經從國中放學回家了才對。

我久違地拿出家門鑰匙，打開破破爛爛的大門。接著走進遠比神宮寺家更狹窄的玄關後，朝屋內喊道：

「我回來了，葵——哥哥回家囉——！」

『咦……？』

從屋內傳來驚訝不已的回應聲。

『咦，咦……？騙人！哥哥！』

過了幾秒。伴隨著一陣急急忙忙的吵雜腳步聲，一名頭上綁著蝴蝶結，秀髮飄逸的嬌小少女從屋裡現身。

一条葵。小我三歲，全世界最可愛的妹妹。

葵在確認過真的是我之後，她那張天真無邪的臉上綻開大大的笑容，並快步跑過細長的走廊。然而來到玄關前時，卻突然停下腳步，像是要掩飾剛才的失態似的，換上一臉不悅的表情。

「唔、哼……！事到如今還回來做什麼？明明是你自己突然說走就走的吧……」

大概是在氣我突然長期離家未歸吧，葵很可愛地鼓脹著雙頰。

「對、對不起……不過，之前也跟妳解釋過了吧？我都是為了工作——」

「這些葵當然都明白！只要是工作，葵一定會全力為哥哥加油，就連離家的事，葵也是絲毫不介意！」

葵邊說邊往我的肚子飛撲過來，氣勢之猛，猶如被她賞了一記頭錘。

「就算哥哥不在家，葵也完全無所謂！所以就算你回來了，葵也不覺得開心啦！」

葵繼續貼在我的肚子上，雙手繞到我的背後，用力地箍緊我的身體。

「雖然你至今為止都沒回家，甚至完全沒聯絡，葵真的絲毫不以為意！絕對沒有因此偷偷哭了一下下！晚上也沒有因為夢到哥哥，而突然覺得好寂寞！」

她環著我的雙臂又再度加重力道，將我緊緊箝制住。

「再說了，我原本就最討厭哥哥了！所以你根本沒必要道歉！哥哥這個大笨蛋！笨蛋笨蛋笨蛋笨蛋——笨蛋……」

然而，雙臂的力道卻逐漸減弱。之後，葵如同向我索求一般，將臉埋進我的胸口。

咦……？話說她這是把我當成大樹在抱嗎？

「呃，葵……？妳不要一直像無尾熊一樣抱著我，這樣我會無法動彈耶……」

「啥？才不是呢！我只是對你使出絞殺絕招！所以我絕對不會放手！」

葵比剛才更加用力地圈住我的身體。不過老實說，由於葵的力量太小了，根本不痛不癢。

不過她絕對是把我當成大樹在抱了吧？因為太久沒見，所以單純想撒嬌嗎？

葵是「傲嬌」技能點到滿的高手。雖然總是一副非常不坦率的態度，卻又很不擅長掩藏真心。換句話說，她基本上隨時隨地都在暴露對我的愛意。

不過，她很難得會像現在這樣毫不拐彎抹角地緊緊抱住我……可見這些日子真的很寂寞吧。

想到這裡，不禁對她感到很過意不去；與此同時，又覺得她這樣實在太可愛了。

身為哥哥，能被妹妹喜歡是再開心不過的事。讓我更想義無反顧地討她歡心。

「我說葵啊，真的很對不起。之後我一定會常常打電話回家的。而且我今天回來，是有個好消息想要告訴妳！再過不久，我就能領到薪水囉！」

「哼！你以為用錢就能討好我嗎？我可不是那麼輕浮的女人！」

「哦～是嗎？真是太可惜了。那麼這一百萬只好我和老媽兩人平分了。」

「隨便你——等等，一百萬？」

或許是因為太過衝擊了吧，葵不由得鬆開我的身體。我剛好趁這個空檔掏出付款通知書。

「妳看，這是這個月的薪水。」

「咦……唔哇！真的耶！這、這個……該不會是什麼詐騙手法吧……」

「我才不會輕易上當咧。千真萬確，真的是薪水！」

「好……好厲害……！哥哥太厲害了！」

葵的眼神充滿敬意地注視著我。這也代表我這次努力的成果，豐碩到連葵都不禁坦率起來了。

「有了這筆錢，就可以吃很多好吃的東西！而且終於可以買新的遊戲片了！不僅如此，或許還能買最新機種的遊戲機……！」

葵再次確認一次付款通知書上的金額，「唔呵呵呵呵呵……！」地笑了起來，雙眼閃爍著閃耀的光芒。

接下來的好一段時間，葵反覆品味著天降鉅額的感動，之後再度將視線移向我。

「哥哥……謝謝你！為了葵這麼努力……」

「…………唔！」

怎麼會有這麼可愛的生物。怎麼會有這麼可愛的生物呢！

可愛到心臟快要痲痺了！未免也太可愛了！妹妹超可愛的啊！簡直可愛過頭，害我差點當場死亡！

我之所以能夠在天天被變態三姊妹耍得團團轉的生活中一路努力至今，就是為了看到葵的這張笑容。一切都是因為我想守護妹妹！

今天實際看到這張笑容，聽到葵的心聲後，也讓我重新確認自己的信念。

「不過有了這麼多錢，應該很快就能還清債務！到時也能脫離貧窮生活！」

「是啊，沒錯。為此，我必須更加努力工作才行。」

為了守護葵的笑容，當務之急就是順利度過愛佳小姐的視察危機。除了全力守住三姊妹的祕密以外，同時也必須展現出自己才是臨時夫婿最佳人選的一面。

再怎麼樣，現在都不能被開除！

「那麼，我差不多該回去現在住的那個家了。薪水的事，妳再替我轉告老媽。」

「咦？你要去工作了嗎……？不是才剛回來嗎……」

「今天只是回來報告薪水的事而已。下次回來再慢慢聊吧。」

要是太晚回去，可能會讓愛佳小姐產生不必要的誤會。好比說：「是不是討厭視察，所以才故意晚歸？」如此一來絕對會大扣分。

「那你下次連假會回來嗎？」

「連假？」

這麼說來，五月連假就快到了啊……聽葵這麼一提，我才想起來。

雖說是連假，但同居生活大概不可能暫停。再說現在還有愛佳小姐過來視察，所以休假恐怕也得和三姊妹一起度過了。

「抱歉……我最近可能都不太能回來……」

儘管對葵感到過意不去，我還是決定坦白告訴她。

「哼……這樣啊……你就這麼把我丟下不管……」

葵的臉上明顯流露出沮喪的神色。啊，糟糕。罪惡感急速萌生。

「對不起……葵果然很寂寞吧？」

「人、人家一點也不寂寞！你可別誤會了！笨蛋哥哥！」

葵使出了「傲嬌」能力。

「哼！反正今天也是非回去不可不是嗎？好啊，要走就快點走！我剛好樂得清淨！哥哥不在最好啦！」

葵用著生氣般的強勢口氣將我趕出家門。

然而另一方面，她的眼眶溼潤，彷彿想要挽留我一般，緊緊揪住我的制服衣角不放。這樣……未免也太犯規了吧！

「啊……呃……葵，妳現在有空嗎？」

「咦……？」

「那個……雖然不能留太久，不過至少可以稍微陪妳打一下電動，好嗎……？」

我忍不住脫口說出這句話。

「啥？我、我才沒空咧！哥哥，玩瑪○歐賽車可以嗎？」

哎呀，果然想玩嘛！

結果我還是留下來陪葵玩了一下遊戲，之後才回到神宮寺家。

※

「歡迎回來，天真大人。」

當我回到神宮寺家時，出來迎接我的是愛佳小姐。

她依舊和早上一樣穿著女僕裝，面無表情地看著我。

愛佳小姐穿起可愛的女僕裝十分相襯，凜然玉立的站姿也顯得無比優美；只是她那銳利的視線，總是盯得人有些畏懼。總覺得在這次的視察中，任何事情似乎都逃不過她的法眼……

話說她剛才……是不是叫我「天真大人」？

「那個，愛佳小姐……剛剛那個稱呼是？」

「是的。您雖說只是假想對象，再怎麼說也是小姐們的夫婿。我畢竟是神宮寺家的女僕，因此還是應該對您表示敬意。」

原來如此，是這麼一回事啊？

「言歸正傳，從現在起，我將開始進行視察。我會跟在天真大人的身邊，觀察您和小姐們的生活，因此還請您務必留意自己的一言一行。若是您膽敢做出任何逾矩的行為，我想您肯定會被開除的。」

「不，我才不會做出那種事……」

愛佳小姐句句帶刺地提醒我，只不過做出逾矩行為的是那三姊妹耶……

「總之，您不必太在意我，只要和平常一樣生活就好。」

愛佳小姐邊說邊繞到我背後。之後，當我通過玄關走進屋內時，她也亦步亦趨地跟了過來。

不，沒辦法。根本超級在意的好嗎！這個人是怎麼回事？替身能力者嗎？

「順道一提，小姐們都已經回來了。您要先去找哪位小姐呢？」

總覺得這句話背後暗藏著一股莫大的壓力——「誰都行，總之快給我去見小姐！」看來她幹勁十足啊。散發出的威嚴氣勢果然很嚇人。

不過，這樣也剛好順了我的意。就讓妳好好見識一下，我和三姊妹扮演的夫妻有多麼相親相愛，而且過著多麼身心健全的生活。

「啊，天真學弟，你回來啦。」

當我走在走廊上時，雪音小姐正好從客廳走出來。客廳中，可以看到擺放著吸塵器等打掃工具。

「我回來了，雪音小姐。妳在打掃嗎？」

「嗯。不過差不多快到晚餐時間了，只來得及打掃客廳……你有空的話，能不能幫我一下呢？」

「當然，我很樂意！」

雪音小姐在絕妙的時機點現身，並且拜託我幫忙。然而，這並不是偶然。

其實今天去上學時，我已經分別和三姊妹事先商量好，要怎麼向愛佳小姐展現出我們的臨時夫妻生活。

討論的結果，就是今天要和雪音小姐一起打掃。一起做家事會很有夫妻感，而且展現出兩人的相處默契，也能表現出兩人的好感情。

「小姐，打掃的事，就交給身為女僕的我來吧……」

「不用了、不用了～自己的家要自己打掃才行。而且我希望夫妻能一起動手～」

「是嗎……那麼就容我站在走廊觀察吧。」

愛佳小姐往後退開，我和雪音小姐則依照計畫開始動手打掃。

「那麼事不宜遲，一起來吸地吧！」

「好的！」

將電線插進插座，接著兩人一起握住吸塵器。雪音小姐的手疊在我的手上，傳來和煦的溫暖。

兩個人一起吸地——雖然就效率來說，慢到令人絕望；不過以放閃來說，似乎還挺適合的。

於是我們兩人開始從客廳的角落開始打掃。

「哼哼哼～快樂的打掃，整整齊齊～♪」

雪音小姐唱著神祕的原創歌曲，樂在其中地操作著吸塵器。我則配合她的動作，一起移動吸塵器。

「呵呵！這樣子也挺有意思的呢～」

「是、是啊……」

雪音小姐的身體隔著吸塵器的吸頭緊緊貼在我身上，肩膀與上臂感受得到一道柔軟的觸感。

雖然我不曉得世上的夫妻是否真的會這麼做……但實際體驗時，總覺得莫名地緊張。差點就把雪音小姐當成真正的妻子了……

「…………（緊盯！）」

另一方面，愛佳小姐則如同她剛才所宣言的，一直站在走廊注視著我們。我悄悄地瞥了她一眼，卻礙於她那不苟言笑的撲克臉，完全猜不透她究竟在想些什麼。

而就在我將視線移回吸塵器的時候——行進路線的前方出現一個插了許多插頭的延長線。

「啊！那裡電線很多，要小心喔。」

「啊哈哈，放心吧～我早就習慣了啦。」

聽見我的忠告後，雪音小姐回我一抹微笑。

只不過，這一瞬間的分心正是事情的敗筆！話才剛說完，雪音小姐的腳便絆到電線，整個人往前撲倒。

「啊！呀啊啊！」

「雪音小姐，妳沒事吧？」

我連忙關掉吸塵器，蹲下來關心她。

「唔、嗯……抱歉喔，天真學弟，你明明才剛提醒過我……」

所幸雪音小姐似乎沒有受傷，她急忙想要站起身；然而……

「咦，奇怪……？」

就在此時，我注意到異狀。剛才她跌倒時，一條電線順勢纏繞住她的身體，阻礙她站起來。

「這、這是什麼……？怎麼會這樣……？」

雪音小姐打量著自己的身體，同時試著將電線從身上取下。只是——

「呀嗯！這個……把身體繞得好緊……啊嗯……♪」

愈是想要解開，電線便勒得愈緊。

「啊……好、好棒……總覺得……好舒服……唔！」

下一瞬間，她的身體大大地顫動了一下。彷彿被快感的巨浪吞噬一般，臉上露出恍惚的表情。

接著，此時雪音小姐心中的某道開關也隨之開啟。

「哈啊哈啊……好想綁得更緊一點喔……」

她伸手拿起接在延長線插座上的另一條電線，主動繞過自己的乳溝，再從兩腿之間穿過去。

——咦？這不就是緊縛ＰＬＡＹ嗎？

「啊嗯，不行！電線偏偏就這麼剛好纏住我的身體了！」

「不，絕對是妳故意的吧！很明顯就是妳自己綁的啊！」

她表面上假裝要解開電線，實際上卻反而將自己愈綁愈緊。

真是見鬼了……偶然間被電線繞住，居然不小心讓她的被虐狂本性覺醒了！

「啊……嗯嗯嗯！胸部被緊緊綁住，不停地顫動呢……！雖然很痛，卻讓人不禁興奮起來……！」

雪音小姐以電線用力地纏繞住自己的身體，轉眼間便完成了龜甲縛。如此一來，也更加凸顯出身體的豐滿感，尤其是那對雄偉巨乳更是變得不得了！

電線沿著胸部的輪廓環繞，用力勒住的緊繃效果，使雙峰看起來更加傲人。她那原本便不容小覷的宏偉胸部，如今就像吹飽氣似的往前挺出。那個大小已經超越了巨乳或爆乳的等級，化作強烈的「傲乳」！

「小姐，您怎麼了？」

發現到異狀的愛佳小姐緩緩朝我們走過來。

這下慘了！現在這個狀況講得婉轉一點，就叫做絕命危機！必須趕在被發現之前想辦法解決，否則她的性癖就要穿幫了！

「雪音小姐，妳先不要亂動！我這就替妳解開！」

「主人，不能解開……」

「拜託不要進入被虐狂模式！」

我一邊小聲斥責她，一邊急忙想要解開電線。無奈天不從人願，反而將她綁得更緊了。由於電線進一步深深陷進肉裡，她的胸部也更加猖狂地強調：「本小姐就是傲！」

「噫呀呀呀嗯！還不夠！再綁緊一點！再讓我更舒服一點！」

「夠了！拜託妳先閉嘴啦！」

我故意打開吸塵器的電源，藉由運轉的噪音掩蓋掉她的嬌喘聲。

「雪音小姐……？妳剛才是不是說了什麼奇怪的話……？」

「是妳太多心了！先別管這個，愛佳小姐妳可以離遠一點嗎——」

「啊……呼……呼……主人……？請好好懲罰我這個女奴隸吧！」

這個被虐狂沒救了！這下真的死定了！拜託誰來幫我阻止她吧！誰來幫我把她清理掉吧————！

正當我在心中放聲大喊的同時，終於解開了纏繞的電線，雪音小姐也在被愛佳小姐發現以前，及時取回了理智。

※

「真是的……害我吃盡苦頭……」

儘管驚險萬分，總算還是打掃完畢了。

之後，我一邊發牢騷，一邊帶著文具等學習用品，離開自己的房間來到走廊。

「您接下來要去哪裡呢？」

等在我房門外的愛佳小姐開口詢問。雖然不至於跟進房裡，但她似乎隨時隨地都在監視著我的動向。

「去找花鈴。我打算趁晚餐前，和她一起讀書。」

這當然也是為了向愛佳小姐展現兩人感情很好的作戰。讓她看見我們一起讀書、互相幫忙的樣子，就能讓她相信我們扮演的臨時夫妻，扮演得很順利。

「原來如此。看來您都有確實規劃好與每位小姐相處的時間呢。如此用心，真是讓人佩服。」

很好。一如所料，愛佳小姐的反應很不錯。

「只不過，請問是要學習哪一門課程呢？該不會是健康教育（實習）吧……」

「當然不是！是很正常的英文和數學啦！」

這個人究竟把我想得多下流啊？不過可以理解啦，以監視者的立場來說，她當然必須對我多加警戒……

「總之快點走吧！花鈴一定也在等我——嗯？」

口袋裡的手機忽然震動起來。我拿出來一看，發現是花鈴傳ＬＩＮＥ給我。

『我在廁所ＮＯＷ！』『沒衛生紙了，快來救我～ε＝ε＝ε＝(help`Д´)ノ』

……那傢伙在搞什麼……

這種事明明應該去拜託雪音小姐才對吧……為什麼非得要我一個大男人，去解救女孩子的廁所危機呢？想也知道一定會充滿各種尷尬！

啊，對了。既然剛好愛佳小姐也在場，就拜託她去吧！

正當我這麼想時，又收到一條新訊息。

『如果找女孩子過來，我會很難為情，所以請天真學長來救我好嗎……？』

一般來說正好相反吧？

叫男生過去絕對才更難為情吧！那傢伙的羞恥心是怎麼回事？說到底，從她化身暴露狂的時間點起，對於正常世界的感覺就已經崩解了吧……

總之也不能放任她不管。反正我原本就打算去廁所，剛好就順便解救她吧。

「愛佳小姐，抱歉，我去一下廁所。」

「是嗎？我也一起去吧。」

愛佳小姐毫不遲疑地準備跟過來。

「不不不，等一下。我是要去廁所喔？妳該不會真的打算一起來吧……？」

「真是多此一問。我的工作是視察同居生活，尤其又以監視天真大人的一舉一動為最優先的執行重點。因此，我當然不能離開您的身邊。」

「就算是這樣，也沒必要跟到廁所來吧？又不是跟蹤狂。」

「請放心吧。雖然說是跟去廁所，但不會真的跟進去。我會站在走廊上等您。」

「那是當然的啊！我的意思是希望妳連跟都不要跟啦！」

有人站在外面等，任誰都會在意好嗎？會有種莫名的羞恥感耶。

忽然，愛佳小姐瞇細雙眼，有如瞪視般望著我。

「天真大人……您該不會是想刻意避開我的耳目吧？」

「咦……？」

「若是如此，恕我明說，這是再愚蠢不過的想法。無論再怎麼逃避都只是白費力氣喔？您的想法我全都看穿了。」

「不，不是那樣啦……！」

愛佳小姐太過盡忠職守，完全不知變通！

真是夠了！該怎麼說明，她才能理解呢……？

「總而言之，我並沒有要逃避的意思！只是拜託妳，至少上廁所時，讓我稍微放鬆一下嘛……」

上廁所時，有個女生等在門外，簡直是酷刑啊！我將內心的反感寄宿在言語中，用靈魂全力表達出想法。

結果……

「……喔，看來您只是單純不願意呢。」

愛佳小姐筆直地凝視我的雙瞳，之後一副「真拿你沒轍」般地說道：

「既然您這麼說了，那也沒辦法。我站在這裡等您，請您快去快回吧。」

「我、我知道了……我先失陪一下。」

幸好她總算聽懂了。我向愛佳小姐點頭致意後，便離開她的身邊。我走下二樓，來到一樓的走廊，再拿出放在儲藏室的備用衛生紙，走向位在一樓最角落，花鈴正在等著我的廁所。

接著我敲了敲門。

「喂，花鈴，我拿衛生紙過來了。妳先把門鎖打開。」

「啊！學長！謝謝你——！」

裡頭傳出開朗的聲音，接著廁所的門鎖打開了。

我將門打開一道小縫，好把衛生紙遞給花鈴。我努力不去看裡頭的狀況，只有把手伸進廁所。

就在此時，我的手腕被人捉住。

「啊哈☆上當了吧？天真學長！」

「咦——哇！」

花鈴用力拉住我的手臂，將我整個人拖進廁所裡。

真不愧是有錢人家，就連廁所都非常乾淨而寬敞。小小的窗臺上還擺著香氣高雅的芳香劑。

在如此奢華的空間裡，花鈴正捉住我的手臂，臉上浮現一抹惡作劇的笑容。看來她並不是在上廁所。也就是說，之前的訊息都是假的……？

「妳、妳這是什麼意思？花鈴……」

「嗯哼～我現在就告訴你吧～！」

花鈴邊說邊微微往前傾，並將雙手伸到裙子底下。

「咦……？」

接著她以手指勾住內褲，緩緩地往下拉。原本穿得好好的水藍色小褲褲，如今扭捲成一條繩索，被褪至膝蓋的高度。

「……唔……唔！」

我一時跟不上眼前的狀況，當場不知所措。花鈴以蘊含水氣的聲音向我開口說：

「天真學長！花鈴最羞羞臉的樣子……上廁所的花鈴……請你仔細看好喔？」

「唔哇啊啊啊！」

這個變態……！居然踩在至今為止最要不得的底線上發動攻勢！

「妳這個笨蛋！再怎麼想暴露給人看，也要有個限度吧！這已經超越一般暴露狂的程度了！」

為了避免被外頭聽見兩人的對話，我盡可能壓低音量怒吼。

「而且現在愛佳小姐正來到家裡視察我們耶！這種事就不能克制一下嗎！妳一定也不希望性癖被知道吧？」

「當然不想！所以才選在廁所裡裸露嘛……」

「就算是廁所裡也不行！而且還偏偏選了這麼重口味的變態ＰＬＡＹ……！」

不管再怎麼喜歡暴露，這實在是太過頭了……！

「人家也沒辦法呀！因為人家無論如何，都想讓學長看到花鈴上廁所嘛！這可是有正當理由的喔！」

「什麼理由……？」

花鈴拿出手機，把上面顯示的郵件畫面秀給我看。

「其實花鈴啊……打算成為職業色情漫畫家！」

「……啥？」

我看了一下郵件，寄件人居然是某成人漫畫雜誌的編輯。郵件內容除了大力讚揚花鈴上傳至拉特的色情漫畫水準，還有在雜誌上刊登連載的邀請。簡單來說，就是星探的挖掘郵件……？

「真、真的假的！太厲害了，花鈴！這就表示，妳的才華獲得肯定了吧！」

「欸嘿嘿……別那麼誇獎人家嘛～」

花鈴露出靦腆的笑容，只是下半身的小褲褲依舊脫到一半。

「不、不過！這件事和現在這個狀況有什麼關聯？」

「當然大有關聯了！是這樣的，花鈴打算在那篇漫畫裡，畫一些可以在廁所裡看到的場面。為了能把場面畫得更加傳神，所以才想親自實踐一下！」

「啥？」

也就是說，是為了蒐集資料嗎？喂喂喂，給我等一下！

「為了畫出更高水準的裸露漫畫，最快的捷徑就是深入體會真實的羞恥感！花鈴為了畫出優質的色情漫畫，做出暴露行為是絕對有必要的！」

「不不不不不不！就算是如此，這個行為也太糟糕了！這已經超越容許範圍了！」

「可是學長之前不是曾說過會『協助』花鈴嗎？我唯一能拜託的人就只有學長了！所以，請你務必要幫我！」

花鈴以內褲脫一半的狀態，對我深深低下頭請求。

「而、而且……花鈴已經快到極限了……！」

「極限？難道說……！」

說時遲那時快，花鈴一把撩起裙子，在馬桶上坐了下來。

「哈……嗯啊啊……！要來了……！舒服的快感就要來了……！」

這傢伙居然在我來之前，一直強忍著尿意！

「學長！請仔細看好喔？請目不轉睛地注視花鈴上廁所吧！」

「才不要，誰想看啊——！我絕對不會看的！」

這樣的請求我說什麼也不能接受！雖然對花鈴很抱歉，我現在只能儘快逃離！

在花鈴開始上廁所前，我將手搭上門扉。

就在此時，門外響起敲門聲。

「天真大人，發生什麼事了嗎？因為您遲遲沒有回來……」

「「唔！」」

完蛋了……！這下真的死定了……！

「愛、愛佳學姊……？她怎麼會在這裡……？」

花鈴頓時一臉驚慌失措，嚇得把上廁所的事都拋到腦後。

要是愛佳小姐知道我和花鈴一起待在廁所裡——並且把這件事向肇先生報告的話，我絕對會被判死刑的……！

「天真大人？您怎麼了嗎？」

「沒、沒事！什麼事也沒有！我現在就出去！」

我小心翼翼地避免廁所裡的花鈴被發現，同時急忙打開門衝出去，逃至愛佳小姐所在的走廊，接著迅速關上門。

「真不好意思，天真大人。我以為您出了什麼事，所以過來看看。」

「沒、沒關係……我才抱歉，讓妳久等了……」

總之現在必須先設法把愛佳小姐從廁所前支開，好讓花鈴出來。

「那麼差不多該走了！花鈴還在房間裡等著呢！」

「請稍等一下，天真大人。」

愛佳小姐突然叫住我。

「關於花鈴小姐，我剛才有先去看過，但她本人似乎並不在房間裡。您知道她上哪去了嗎？」

這、這個惡魔……居然封住了我的逃生口……！

「天、天曉得……？我也不知道耶……」

「這樣嗎？聽月乃小姐說，她剛才有看到花鈴小姐走進廁所。」

呀——————！月乃幹麼多嘴啦——————！

「怎麼了嗎，天真大人？您怎麼一副坐立不安的樣子？」

「不、不是的……真的什麼事也沒有喔……？」

現在我唯一能做的就只有拚命撒謊。

「算了……既然您不知道也沒辦法。我們快去找她吧。」

雖然愛佳小姐目光狐疑地看著我，但還是轉身準備離去。

很、很好！這麼一來花鈴就能出來了——

「啊，突然想起來，我剛才原本也想上廁所的。麻煩借過一下。」

「咦咦？」

愛佳小姐突然走向廁所前方，我連忙出聲制止她！

「等、等等等等一下！」

「為什麼要阻止我？我很快就會出來了，請您稍候一下。」

她伸手握住門把，露出一臉不明所以的表情。

怎麼辦怎麼辦怎麼辦！花鈴人正在裡面啊！要是現在門被打開了，我們剛才一起擠在廁所裡的事就穿幫了！

「呃，那個……現在就是……最好還不要進去比較好……」

不、不行了……我一時也想不到任何具體的藉口，完全沒有自信可以攔住她……！

「什麼意思……？您該不會對我如廁的模樣有興趣吧……？」

「並沒有，為什麼會想到那裡去？當然不可能有那種事啊！」

我在她心目中的形象未免也變態過頭了吧！我如果真是那種人，早就大方看花鈴如廁了！

「既然如此，請您在此稍候一下。我保證很快就會出來。」

「啊！」

愛佳小姐毫不猶豫地大大打開廁所的門。

一、一切都完了……全穿幫了……花鈴的祕密曝光——

「天真學長！原來你在這裡呀！」

說時遲那時快，身後傳來呼喚我的聲音。回頭一看，花鈴居然就站在我背後。

「花、花鈴……！」「花鈴小姐？」

愛佳小姐和我同時出聲。咦，為什麼……？妳明明應該在廁所裡才對啊……？

「真是的，還以為你跑到哪裡去了呢！快點一起來念書吧！」

花鈴撒嬌似的環住我的手臂。只是她的聲音略顯做作，而且看起來有些氣喘吁吁，額頭上還冒著汗滴。

我透過敞開的廁所門打量裡頭，發現通風的小窗被人完全打開。

該不會花鈴……先從廁所的小窗逃出去，再急急忙忙趕回來這裡吧？

（學長……花鈴很努力了喔……！）

（好棒，妳做得很好……！雖然根本是自作自受啦！）

為了不讓愛佳小姐發現，我和花鈴以眼神進行對話。

總之，多虧了花鈴的臨機應變，總算是守住祕密了。

※

「我真的受夠了……覺得心好累……」

結束了在花鈴房裡進行的讀書會之後，我邊發牢騷邊走向自己的房間。

「您看起來非常疲憊呢？是不是不太擅長讀書呢？」

跟著我一起離開花鈴房間的愛佳小姐，走到我身邊這麼問。

「哈哈……剛才念的剛好是比較不拿手的科目……」

不過，害我搞得筋疲力竭的並不是讀書，而且姊妹們的性癖。當然這件事絕對不能說出口。

「是嗎？那麼接下來要與月乃小姐做什麼呢？」

「是的，我們姑且說好要一起做晚餐……」

平時家事都是由雪音小姐或月乃負責，而今天正好輪到月乃。為了展現所謂「夫妻同心，其利斷金」的力量，我也一起來幫忙，這就是本次的作戰計畫。

「總之，我先把學習用品拿回房間放好……月乃現在應該在廚房，愛佳小姐可以先過去嗎？反正我最後也會過去。」

「不，我在這裡等您。畢竟我必須觀察您才行。」

唔……看來她是打算寸步不離地監視我。無所謂，反正她站在房門口，也不會妨礙到我……

我為了將文具收好，一個人走進房間裡。

就在此時，我的身體瞬間石化。文具從我手中掉落。

「嗯……舔舔……啾……嗯啾……」

「…………呃？」

為什麼月乃會站在我房間的正中央？

身上穿著粉紅色圍裙，一副賢妻良母、打扮可愛的月乃。圍裙底下的衣服胸口大大敞開，乳溝間還挾著某個物品。

那是——我吃過後放在房間冰箱裡的香蕉。

「天真的香蕉……味道好濃郁……」

月乃一邊呢喃著別具深意的話語，一邊將我只吃了一口、又粗又長的粗大香蕉挾在豐滿的雙峰之間，同時還以雙手撐住胸部，不讓香蕉隨便滑動。

接著再用她那可愛的櫻桃小口，把雙峰間突出的香蕉含到底。

「啊呼……好大……天真的香蕉……」

她不停轉動頭部，還發出「啾、啾」的吸吮聲，細細品味著。月乃或舔、或吸，含吮著挾在胸前的香蕉。

……咦，這是怎樣？我現在究竟是看到了什麼？我想我早晚會因為壓力過大而胃穿孔吧。

首先容我問一下這究竟是怎麼回事？為什麼她要這麼猥瑣地吃著我的香蕉？而且為什麼她會在我的房間裡？

啊——可惡！先冷靜下來。用我天才般的腦袋整理一下現在這個狀況吧！

根據眼前見到的情況來推測，她的發情過程大概是這樣？

一、「來我房間找我討論晚餐的事。」

二、「我本人不在。看到房間裡有冰箱。」

三、「確認冰箱裡有沒有可以用的食材。」

四、「香蕉哈啊哈啊——！天真吃過的香蕉哈啊哈啊——！」

嗯，看來八九不離十。

話說我才一時沒盯著，這傢伙居然就發情了！不過是我吃過的香蕉，她究竟為什麼可以那麼興奮啊？偷舔別人直笛的小學生，還比她理智多了喔？

不，這些事不重要。必須趕快制止她才行！因為愛佳小姐現在就在房外啊！

「喂，月乃！快點恢復正常啊！不然性癖會被愛佳小姐發現啊！」

「啊！天真……和我一起做色色的事吧……？」

唔……！即使注意到我的存在，還是繼續發情嗎……

看來是無法輕易滅火了……！既然如此，只好使出那個了！

「妳看，月乃！這是什麼？」

「咦……？」

我從口袋拿出一條手帕。那是用我的內褲製作而成，用來擊退月乃的專用手帕。正式名稱為「內褲手帕」。

我將內褲手帕塞給月乃，同時換回香蕉。

「呼啊啊啊……！天真的內褲……！」

月乃將內褲手帕輕輕地貼在臉上，露出如痴如醉的表情。

雖說這一切都是為了讓她們發洩性慾，但又不能跨越最後一條防線。因此我只能在不對她們出手的前提下，盡可能設法滿足她們。

這種時候可以派上用場的法寶就是這個！如果是手帕，管她要聞要含都沒問題！

可是……

「天真……我還要更多內褲……」

「更多內褲？」

只有內褲手帕似乎無法讓月乃得到滿足，她一臉苦悶地望著我。

更多的內褲是怎樣啦！簡直是前所未聞的要求耶！

「吶，天真……給我你剛脫下來的內褲嘛……？」

月乃丟掉內褲手帕，緩緩地朝我逼近。啊，這是我貞操不保的預兆嗎？

「喂……喂，等一下！妳冷靜一點！要是發出聲音，會引來愛佳小姐啊！」

「天真的內褲……天真的內褲，剛脫下來的內褲……」

這到底是什麼慾望啊？絕對是女孩子不可以有的情感吧！

「吶，天真……內褲，內褲，剛脫下來的內褲……」

「白痴才會給妳啦！是說女孩子不要一直喊內褲、內褲的啦！」

「不然……讓我試試看天真的味道吧……？」

「唔！」

月乃伸手按住我的肩膀，直接將我推倒在床上。接著順勢壓到我身上，不讓我有脫逃的機會。她先是脫下圍裙，再解開衣服的鈕釦，露出裡面的內衣。

「讓我……吃掉天真吧……？」

如此說道的月乃伸出舌頭。吃掉該不會是指……色色的意思？

不行！唯有這件事絕對不行！雖然至今為止索討內褲的事就已經夠糟糕了，但這種事可不是說著玩的！這可是會後悔莫及的啊！

「住、住手，月乃！妳先深呼吸！不要被性慾牽著走啊！」

我為了制止月乃，拚了命地以兩手推開她的身體。

然而，這個舉動卻造成了反效果。

「嗯──我舔！」

「咕噢！」

月乃抓住我的右手，伸出舌頭輕舔了一下食指。

「嗯啊……！天真的味道……」

接著月乃張口含住我的右手食指，以舌頭緩緩地舔舐，發出「啾噗、啾噗」的聲響。舌頭的溫暖熱度與溼滑的柔軟觸感，來回輕撫我的食指。

「────唔！」

這、這是怎樣？超害羞的啊！感覺好像在做什麼不可告人的事！

我不斷掙扎著想要收回手指，但月乃不為所動地繼續含著我的手指好一陣子。

經過數分鐘後，她才終於心滿意足地鬆口。

「啊……嗯……呼……呼……」

當我將手指從她口中抽回時，唾液牽起一道刺激著官能的透明細絲。

月乃吹吐著紊亂的氣息，雙頰染滿了紅暈。她以融化般的迷濛眼神望著我。

「天真的味道好色情喔……」

不……妳現在的表情才更色情……

看在旁人眼底，這完全就是「完事後」的表情啊。雖然發情的症狀正慢慢平息了，不過她現在這副表情，絕不能被愛佳小姐看到。看來在她完全恢復理智之前，只能先讓她留在這裡休息了。

話說回來，既然內褲手帕已經無法滿足月乃，那就必須再想想新的應對辦法才行啊……萬一她在愛佳小姐面前發情起來，可就傷腦筋了——

「天真大人，發生什麼事了嗎？」

「唔噗啊！」

房間的門冷不防地被打開，探頭進來的人正是愛佳小姐。

我嚇得發出一聲怪叫，同時連忙將月乃藏到我床上。

「我聽到房裡有些吵雜……您剛才在做什麼？」

「不，沒什麼……我沒在做什麼啊？只是課本掉了而已……」

愛佳小姐不帶半點遲疑，大喇喇地走進我的房間。

我為了遮住月乃，刻意擋在床前。

拜、拜託……！千萬別發現！絕對不要看向床鋪啊！

「哈啊哈啊……這是……天真的床……？」

就在這個時候——

被窩裡隱約傳出月乃的聲音。

「啊嗯……好棒……！全身正逐漸染上天真的氣息……！」

看來月乃的慾火還沒有平息，開始發出性感的聲音。

「用力聞，用力聞……呼……！天真的床鋪真讓人心跳加速呢……」

喂，月乃啊啊啊！不要再度發情啦啊啊啊啊啊啊啊！

興奮起來的變態月乃丟出了令人想入非非的臺詞。她一邊聞著床鋪的味道，一邊按捺不住似的在被窩裡扭動起來。

喂，不要亂動啦！笨蛋！乖乖躲好！不然會被愛佳小姐發現啊！

「哎呀……剛才被子是不是動了一下？」

看吧，馬上就被捉包了啦啦啦啦啦啦啦啦！

「不不不不不！完全沒動！應該是妳眼花了！」

「眼花……？你以為我會相信嗎？我明明就看到被子動了。」

愛佳小姐用有如窺探深淵一般的黑暗眼瞳凝視著我，散發出令人為之畏懼的壓力。

縱使我再怎麼拚命否認，也不可能輕易唬住她。

「我並無意懷疑您……不過，您剛才該不會是和小姐在做什麼見不得人的事吧？」

「這、這怎麼可能！我連想都不敢想！」

不妙，她現在超懷疑我的！她一定認為床上正躲著什麼人吧！

「比起聽您解釋，我還是自己親眼確認比較快。天真大人，請您掀開被子。」

「噫！」

果然最後還是會演變成這樣……！最致命的發展……！

「怎麼了嗎？您不是說，沒做什麼見不得人的事嗎？」

「當、當然了……只是掀被子會揚起灰塵嘛～有點麻煩耶……」

「請別拖時間了——快點掀開被子。」

轟隆隆隆……愛佳小姐氣勢萬鈞的視線彷彿要射穿我似的。

好、好可怕……要說哪裡可怕，就是她要我親手掀開被子，而不是她自己動手……要我自暴罪行，藉此帶給我精神上的重大打擊。這簡直就像硬逼我自己切腹一樣。

不過這下沒救了。已經死透了。

從她身上散發出的氛圍來看，大概是沒辦法敷衍過去了。我只能掀開被子。只能認命作好覺悟……！

「……唔！」

我嚥了一下口水，緩緩地將手伸向被子。接著兩手揪住被子，放聲大喊的同時用力往上一拉！

「唔噢噢噢噢噢噢噢噢噢噢噢！」

大大的被子離開床鋪，撲進我的懷裡。如此一來，已經無處可以藏身了。

最後床上剩下的——

「哎呀……？並沒有人嘛……」

就只有白色床單。床上並沒有躺著任何人，當然也不見月乃的身影。

「……看來真的只是我眼花了呢。」

愛佳小姐凝望著空無一物的床鋪好一會兒後，如此說道：

「擅自懷疑您，真的非常抱歉。我繼續到走廊上等您，待您準備好之後，就快點過來吧。」

「好、好的……我會儘快過去的……」

愛佳慎重道歉完，便走出我的房間。

我按兵不動地觀察數秒，確認她不會回來之後——

「呼～～～！真的是好險啊——！」

我將用力抱緊拿在手上的被子重重地放到床上。

接著，裡頭的月乃也隨之露出身子。

「嗯啊啊……天真的被子好舒服……」

「呼……幸好沒露餡……」

沒錯。當我掀起被子的時候，也一併把月乃抱了起來，將月乃裹在被子裡，躲過愛佳小姐的耳目。

多虧被子的尺寸相當大，再加上月乃也比想像中來得輕，因此才能順利逃過一劫。至今還是覺得好像隨時都會穿幫，嚇得冷汗直流……

「呼呼……呼哈啊啊啊……好想睡在天真的床上喔……」

只是看她這個樣子，發情症狀恐怕一時半刻都平息不了。現在要在愛佳小姐的監視下與月乃一起張羅晚餐是不可能的。

「沒辦法……只好把她留在這裡了。」

我丟下一點也不打算離開床鋪的月乃，趁著愛佳小姐還沒再度起疑之前，前往她正在等待的走廊。

※

「所以，您打算一個人準備所有人的晚餐嗎？」

「嗯，也只能這樣了……」

少了月乃後，如今只剩我和愛佳小姐兩人一起站在寬敞的廚房裡。順道一提，有關月乃缺席的理由，我對愛佳小姐說，是因為月乃突然想起作業還沒寫，實在分身乏術。

「唉……我得一個人煮飯嗎……」

雪音小姐剛才出門買文具了，花鈴又不擅長料理，因此只好由我獨自準備。說到料理，以前住在家裡時，因為得煮給葵吃，所以姑且還難不倒我……

「只是一口氣要煮五人分耶……」

現在又多了愛佳小姐，分量實在不少。對於過去只有煮過兩人分的我來說，這完全是未知的領域。

「只有天真大人一個人，果然負擔太重了吧？」

「老實說，我也這麼覺得……」

這種情況實在很希望再多一個人手。要不要等雪音小姐回來再打算？可是她似乎不會那麼早回來……

我不經意地望向站在我身後的愛佳小姐。

「這麼說來，愛佳小姐不是女僕嗎？料理應該也很拿手吧……？」

「當然了。畢竟這是女僕的基本職務之一，料理可說是得心應手。」

愛佳小姐一臉泰然自若地回答。哦哦，果然是拿手領域！

「那個……既然如此，不好意思……能不能請妳幫忙一下呢？不管怎麼說，我一個人果然有點困難……」

「用不著您開口，這本來就是女僕的工作。各位的料理，我打從一開始就決定一手包辦。」

真、真是太可靠了……！這下應該沒問題了。

「順道一提，您今天原本準備煮什麼料理呢？」

「這個嘛……就隨便把冰箱裡有的青菜炒一炒之類的。」

「原來如此。那麼就依照您說的做吧。」

話一說完，愛佳小姐便打開冰箱確認食材。接著她拿出高麗菜、香菇、肉等，炒一炒就很好吃的食材。動作十分俐落有效率。真不愧是肇先生的實習祕書。一舉一動都無比優雅。

「請、請問，有沒有什麼我能幫上忙的？畢竟今天是輪到我做飯……」

「不用。您只要安靜地在一旁等著就好。老實說，您一起幫忙的話，反而只會礙手礙腳。」

「這樣啊……非常抱歉。」

愛佳小姐冷酷地拒絕。那種將非必要人員拒於門外的氣概，彷彿可以感受到她的職人精神。想必她對女僕的工作，有著強烈的自豪感吧。

總之，既然她都那麼說了，我也不好意思繼續死賴在廚房裡。為了不要妨礙她，我轉身前往客廳。

不久後，就聽到廚房傳來青菜下鍋翻炒的聲音。

看來真的沒有我出場的餘地。只要坐在沙發上等，料理就會自動送上桌了吧。愛佳小姐果然是位非常優秀的女僕。

正當我這麼想的下個瞬間──

咚磅轟隆隆──────────────────！

廚房裡傳出一陣震耳欲聾的爆炸聲。

「啥──？發生什麼事了，愛佳小姐！」

我嚇得急忙跑去找愛佳小姐，結果──

「不會……吧……？」

廚房裡四處散落著焦黑如炭的食材。

這、這是怎樣……？究竟發生什麼事了……？

我望向愛佳小姐，只見她不發一語，手上拿著平底鍋，一臉震驚地石化在原地。平底鍋裡完全不見任何原本應當存在的食材。

……看來應該是食材炒到一半爆炸飛散了。

咦……為什麼？有可能發生這種事嗎？我用著顫抖的聲音開口詢問：

「愛、愛佳小姐……？這究竟是……？」

「…………只是一點小小的失誤。」

不，這可不是小小失誤的程度喔！

食材全都化成灰四濺飛散了喔！什麼樣的小小失誤可以搞成這樣？

「這是因為那個——我太久沒用這裡的廚房，調整火力時不小心失誤了。我可一點錯也沒有。是瓦斯爐火力有問題。」

像是要掩飾什麼似的，愛佳小姐有如機關槍般劈里啪啦地不斷解釋。

不過我非常清楚。只是火力調整失誤，不可能造成如此慘況。

「那、那個……雖然我想應該不可能有這種事啦，但是愛佳小姐該不會不太擅長料理吧……？」

「怎麼可能！聽好了！我可是神宮寺家的女僕。料理這點小事當然很精通。」

愛佳小姐一臉鎮定地說完後，再度伸手拿起廚房裡僅剩的馬鈴薯。接著她一手拿起菜刀，以驚人的超高速度削去馬鈴薯皮。最後，她手上剩下的是……

連皮帶肉被削到所剩無幾、小得可憐的馬鈴薯碎塊。

「「……」」

我們兩人同時陷入沉默。

……咦？為什麼？這位女孩是位女僕吧？為什麼連個皮都削不好呢？

「不是的。不是您想的那樣。請請請請您先冷靜一下。」

「不，該冷靜的是妳才對。」

雖然愛佳小姐的表情乍看之下相當沉著淡定，但本人明顯有些慌張失措。看她那樣子，果然是……

「愛佳小姐……妳真的對料理一竅不通嗎？」

「…………唔！」

面對我的質疑，愛佳小姐用勉強擠出的微弱聲音回答：

「失、失態……真是太失態了……明明至今為止都隱藏得很好，現在居然被天真大人發現了……」

她露出一臉打從心底感到懊悔的表情。

「明明絕不能被發現的……我不擅長料理的事，絕對不能被人知道啊……！」

不會吧，這個人……看起來那麼十全十美的女僕，料理居然是她的死穴……而且這種慘烈的程度可不是不擅長一詞足以形容的……

「不、不過也沒關係啦……又不是所有女僕都擅長料理。再說女僕的工作也不是只有如此嘛。其他還有像是打掃、洗衣……」

「打掃……！說得也是，現在當務之急是先來打掃！」

我死命地打圓場，愛佳小姐也順勢下了臺，前往置物間拿來裝了水的水桶和抹布，開始收拾起青菜的殘骸。

然而……

「呀啊！」

打掃到一半，她以萬鈞之勢打翻水桶，潑灑出的水淋得她全身從頭溼到腳，而她本人則是當場攤坐在地上。晶瑩的水滴沿著她美麗的髮絲滴落；溼透的女僕裝底下，內衣隨之若隱若現。

「我、我居然會……！好不甘心……！」

居、居然不只有料理——！這傢伙連打掃也完全不行！

愛佳小姐看起來十全十美，但實際上完全就是個超級兩光的女僕嘛！身為女僕應該具備的基本技能根本毀滅性地令人絕望！

話說她明明就不會，為什麼還硬要打腫臉充胖子地嘗試？因為這樣，結果只是害我的工作量變多了而已！

「……請、請不要誤會了。我偶爾也是會有跌倒的時候，料理的話，調理包和泡麵至少還難不倒我。我的女子力還是健在的。」

在妳只會煮些即食料理的時間點開始，妳的女子力就已經瀕臨死亡了……

「而且我不擅長的就只有家事而已。以祕書來說，我可是非常優秀的……！」

愛佳小姐竭盡全力地虛張聲勢，只為了守住威嚴。但很遺憾的是，她現在這副狼狽的模樣，絲毫沒有半點說服力。

「那個……總之妳先去換衣服吧。再這樣下去會感冒的。」

「……謝謝您的體貼……」

愛佳小姐沮喪地垂落肩膀，蹣跚地走著。

「那、那個……天真大人……」

走到一半，她回過頭。

「這件事請您千萬不要告訴其他人。您要我做什麼都可以……」

她居然輕描淡寫地丟出一句爆炸發言耶！居然說要她做什麼都可以耶！

「要是被小姐們知道了，我至今建立起的一切……我的完美形象都將毀了……！」

表情絕望到了極點的愛佳小姐沮喪不已。下一瞬間，她用著下定決心般的眼神注視著我。

「所以，請您務必替我保密！這種時候是不是露出胸部比較好……？還是要讓您看內褲……？」

「不必了，妳什麼事也不用做！請快點去換衣服！」

大概是祕密被發現而陷入混亂吧，愛佳小姐還真的作勢打算撩起女僕裝的裙子。

慌張失措的愛佳小姐，最後被我硬是趕出了廚房。

※

結果在那之後，收拾殘局和準備晚餐都只能由我一個人來。

我先是迅速打掃好髒亂的廚房，晚餐則是把剩下的食材隨便炒一炒。唯有在調味方面有簡單熬個高湯，稍微下了點工夫，勉強做出還算像樣的料理。

接著時間來到包括愛佳小姐在內的眾人，一起坐下來吃晚餐的時刻。

「哇～好好吃喔！好久沒吃到愛佳的料理了，手藝果然好好呢～！」

「真的，雖然菜色很簡單，但非常下飯！我的話是絕對做不出來的……」

「花鈴好希望愛佳學姊來當專屬廚師喔！」

「謝謝小姐們的誇獎。」

被三姊妹輪番誇獎了一圈後，愛佳小姐也端正起神色道謝。煮菜的人明明是我耶。

看來她們三人是真的不知道愛佳小姐兩光的一面。那種毀天滅地級的家事技能，真虧她有辦法隱瞞那麼久……

「擁有祕密的並不只有三姊妹啊……」

我用著旁人聽不到的聲音自言自語。

不過，比起愛佳小姐，果然還是三姊妹的祕密更糟糕！

話說這些傢伙……剛才居然一個個都大玩起好色行為！還真不愧是三姊妹！就某種意義而言真的太神奇了！視察的第一天就出現這樣的情景，我真的不敢想像往後的日子會如何。

搞不好愛佳小姐其實已經起疑了？而且總覺得剛才好像被撞見非常危險的場面……

總之，為了避免祕密曝光，往後必須更加小心才行……

「話說回來，各位平時都過著什麼樣的生活呢？」

正當我潛入思索汪洋時，愛佳小姐開口詢問。

「這個嘛～平時也是像這樣一起同桌吃飯，或是一起打打電動、切磋功課，大致上就和今天的感覺差不多？」

「那麼下週開始的連假，大家也沒有什麼特別安排囉？」

「這倒是很少。偶爾是有啦，但不會每週都一起出去玩。」

「原來如此。那麼假日呢？果然會像一般夫妻一樣一起外出嗎？」

連……假？

「是啊～目前沒有計畫。不過難得的連假，希望大家可以一起出去玩呢～好想盡情地大玩特玩，療癒一下心靈～」

「是嗎？既然如此，這樣正好。」

聽完雪音小姐的回答後，愛佳小姐一臉安心似的回答。

「那個……妳說這樣正好，這句話是什麼意思？」

總覺得這句話好像有什麼陷阱，於是我提出疑問。結果她從容不迫地說：

「事情是這樣的，肇大人對各位下達了一道指令。是有關連假期間的生活。」

「指、指令……？」

什麼鬼……？先是派人視察，接著又有指令？有一種如死一般的不好預感。

「是的。剛才肇大人請我傳話。我現在就為各位朗讀肇大人珍貴的親筆信吧。」

如此說完後，愛佳小姐不知從哪裡拿出一封折好的信，接著開始朗讀起來。

「敬啟者一条天真同學：時值新芽翠綠繽紛視野的季節，你是否別來無恙？今天寫這封信的目的，是有件事想拜託你。想必你也知道，從週末開始將連放五天連假。因此，希望你能和我的寶貝女兒們，以臨時夫妻的身分一起去『蜜月旅行』。畢竟未來當她們實際結婚後，免不了會和男性一起旅行。為了將來著想，作為新娘修行的一環，希望她們能事先累積經驗。臨時提出這樣的請求，真的很抱歉，還請你務必幫忙了。附註：要是你敢對我的寶貝女兒們出手，你就死定了喔噢噢噢噢噢噢噢噢噢噢噢噢噢噢噢噢噢噢噢噢噢噢噢噢噢噢噢噢噢噢噢噢噢噢！」

「什……！」

和三姊妹一起去……蜜月旅行……！

愛佳小姐讀完信後，我不禁暗自打了個寒顫。

「以上就是肇先生的指示。如同信上所寫的，連假期間，要請各位來一趟三天兩夜的『蜜月旅行體驗』之旅。身為視察人的我當然也會同行。」

不、不會吧……別開玩笑了！

沒錯，我的工作確實是讓她們三人成為最出色的新娘人選。扮演臨時夫婿的我，為了讓三姊妹習慣與男性相處，確實有必要多和她們進行一些夫妻之間會有的互動。

不過，這次的要求我實在無法接受。要是真的和變態三姊妹一起去旅行，百分之百會捅出大婁子的！我已經可以預想到三姊妹在旅行目的地興奮過頭，完全無懼於祕密曝光的風險，照三餐做出變態行為！必須想辦法拒絕才行……！

「聽起來真不錯呢！我好想和學長一起去旅行喔！」

「我也贊成～真期待呢～！」

然而，不同於我的憂心忡忡，雪音小姐和花鈴則是舉雙手贊成。一聽到旅行這個關鍵字，兩人便立刻雀躍起來。

唔……！這兩人早已經被旅行氣氛沖昏頭了。她們根本不明白，要在愛佳小姐的監視下旅行，是多麼危險的一件事！

不過還好，至少月乃看事情的角度和我是一樣的。

「可、可是！說是要旅行，究竟要去哪裡呢？而且都這個時候了，飯店應該也訂不到了吧？」

她應該確實思考過旅行期間發情的風險了吧。月乃不著痕跡地反對。

「關於這一點請不必擔心。旅行的目的地正是神宮寺家的別墅。」

然而，月乃的意見卻被一臉泰然自若的愛佳小姐駁回。

「別、別墅……？居然還有那種地方？」

「是的。那裡的話，姑且可以舉辦ＢＢＱ派對，附近也有一些遊樂設施。而且露天浴池就設在別墅的腹地裡，非常適合蜜月旅行。」

真、真的假的……居然可以在那麼便利的地方擁有別墅，真不愧是君臨天下的神宮寺家。

「說、說得也是……如果是那棟高原別墅，臨時過去應該沒問題……」

對於愛佳小姐的提議，月乃找不到任何理由反對。不、不妙……再這麼下去，旅行的事就要拍板定案了！

「不、不過……！現在一起旅行果然還是太早了吧？雖說是臨時夫妻，我們其實也才剛認識不久耶——」

「順道一提，如果您同意的話，日後肇大人會再額外核發獎金。」

「這份工作，我一定會全力以赴！」

不行！金錢的魔力實在太無敵了！為了還清家裡的債務，聽到有獎金可以拿，我怎麼可能坐視不管！

「那麼就這麼說定了。到時我也會好好視察各位的蜜月旅行。」

可惡，結果還是拒絕不了……

既然如此，也只能作好覺悟了。為了免於被開除的命運，無論如何都要讓這趟旅行平安落幕才行！必須讓愛佳小姐看見我們以夫妻身分（總之非常健全）一同旅行，而且三姊妹也從中累積了良好經驗的情景。

要達成這個目標，最重要的就是不能讓她們的性癖發作——

「既然如此……只好在這趟旅行中，澈底矯正她們的性癖了……！」

矯正她們的性癖正是這段同居生活中，最首要的工作。雖然早有心理準備，遲早都得好好處理這個問題，現在或許正是好時機吧！我默默地下定決心。

就這樣，我們這幾個臨時夫妻便決定進行三天兩夜的蜜月旅行。

※

「蜜月旅行嗎……」

在漆黑一片的房間裡，我躺在床上輕喃。

就在剛剛不久前，在爸爸的提議之下，大家決定要在接下來的連假去旅行。

平時的話，這當然是個非常令人期待的計畫。畢竟我們三姊妹已經好久沒有一起旅行了，而且天真和愛佳小姐也會一起去，到時一定會很熱鬧、很開心吧。

只是，現在的我比起雀躍，不安的情緒更加強烈。因為……我有難以啟齒的性癖。

「為什麼偏偏選在這個時候……最近性癖愈來愈惡化了耶……」

自從之前那場派對以來，我對天真發情的程度完全超越過往，變得更加嚴重。

真正的理由就連我自己也不清楚。不過證據倒是很明確，那就是我今天竟然發情了三次。先是對他的牙刷發情，之後又對他的制服發情，最後甚至還對著他的香蕉發情。

多虧之前天真替我特訓，症狀曾一度受到控制；但現在只要一鬆懈，又會忍不住發情。要在這種情況下去旅行，讓我感到非常不安。萬一不小心在愛佳小姐面前發情的話，我的性癖就會穿幫了……我絕對受不了這種事情發生！

而且，要是我的祕密被發現……也很可能會給天真造成困擾。

如果愛佳小姐和爸爸知道了我的性癖，一定會為了提防我和他做出什麼不該做的事，而開除天真。我果然不希望事情演變成那樣。

如果是天真剛來到這個家的時候，我絕對不會這麼想吧。反而還可能故意設下各種陷阱，害他被開除。

可是，現在不一樣了。因為我已經知道，天真是真心為我著想的人。

所以我絕對不能讓人知道我的性癖。這也是為了澈底守護我的祕密和天真的立場。

「我絕對不能屈服於區區的性癖……！」

我下定決心，緊緊揪住床單。

※

「呵呵，可以和天真學弟一起去旅行耶～」

我坐在書桌前，臉上掛著開朗的笑容。

「一直以來都受到天真學弟各方面的照顧，必須好好回報他才行呢～」

他平常總是被迫配合我的性癖。而且派對上，我的性癖差點穿幫時，也是他挺身幫助我。天真學弟似乎遠比我想像中的，更加為了我們三姊妹著想，也更加認真看待同居生活。

所以，我想趁著這個機會，透過態度正式向他表達謝意。

「唔呵呵呵……這趟旅行中，我一定會全力服侍天真學弟的♪」

這趟旅行的目的，是作為新娘修行的一環，實際體驗蜜月旅行，藉此習慣如何加深夫妻情誼，享受打情罵俏的兩人世界。至於說到打情罵俏，當然就是指色色的服務囉？

我思考著與天真學弟打情罵俏的計畫，並且記載在筆記本上。

※

「呼……呼……全裸果然好舒服啊……！」

我坐在床上，用手機自拍全裸的自己。

我將手機高舉過頭，露出只用ＯＫ繃遮住乳頭的小咪咪與腰間線條，臉上掛著難掩快感的笑容，開心比ＹＡ。這是為了當作色情漫畫的資料所拍攝的。

多虧有學長幫忙，漫畫進度非常順利。都是因為有學長在，才能透過每天的暴露獲得許多心跳加速的緊張快感。

接下來只要再準備一篇短篇當作番外篇就行了。至於橋段，我打算在這次的蜜月旅行中多找些靈感。我會在這趟旅行中嘗試各種暴露行為，只要再拜託學長觀察……！

「啊哈☆這趟旅行似乎可以獲得許多不錯的暴露橋段呢……！」

我任由表情流露出恍惚的神色，再次按下快門。

第二章 有點色色的蜜月旅行

連假第一天，恰好是非常適合出遊的大晴天。

三姊妹、愛佳小姐以及我，一行五個人先是搭電車，之後再轉公車前往別墅所在的高原。公車沿著險峻山路往上爬，窗外也開始流轉群木與溪流的景色。

下了車後，森林特有的沁涼舒暢空氣，讓呼吸都變成一種享受。我忍不住伸了個懶腰，用心感受與大自然久違的相逢。

之後一行人費盡九牛二虎之力，爬上人工鋪設的坡道，不久後終於看到建築物。

「這裡就是神宮寺家的別墅。已經取得使用許可了，大家不用客氣，快進來吧。」

愛佳小姐指給我看的，是一棟小木屋風格的摩登建築。總共有三層樓，還附有陽臺的奢華設計。

「哦哦……好氣派……！真不愧是有錢人……！」

這棟建築物只不過是別墅，居然還比我家高級許多！而且超有氣氛的！很像推理小說裡會出現的那種很有印象的小木屋。

「好久沒來這裡了，以前每年都會來一次呢。」

「不過，這麼久沒來，庭院等各處卻意外地整潔呢。應該是有人打理過吧？」

「大概是爸爸還是誰平常都會來住吧～？也可能是委託業者幫忙管理之類的。」

月乃她們邊聊邊走進小木屋，我和愛佳小姐也跟在她們後面走進玄關。玄關的後面是寬敞的客廳，裡頭擺放著壁爐造型的暖氣設備，以及帶有歲月感的原木桌和大沙發。居然連裝潢都這麼有氣氛。該怎麼說呢，充滿了浪漫情懷。窗外則與陽臺相連，可以欣賞草皮蔥綠的院子。

「哦哦，好漂亮！這裡超讚的！各方面都氣派過頭了吧！」

「你很吵耶……你未免也太激動了。總覺得你今天好像特別亢奮呢？」

確實正如月乃所言，我今天真的非常亢奮。應該說，我是刻意逼自己亢奮的。

這次的工作是新娘修行的一環，也就是陪三姊姐體驗蜜月旅行。說到蜜月旅行，當然得開開心心的才行。要是我表現出悶悶不樂，身為臨時夫婿的素質很可能會遭到質疑。我的計畫是先由我炒熱氣氛，表現出一般夫妻很享受旅行的樣子給愛佳小姐看。

雖說如此，真正的心聲當然還是免不了對旅行感到不安。就說現在吧，那三個變態似乎已經蠢蠢欲動地想做些奇怪的事情，總覺得頭好痛……

不過，這次的我絕不會再像過去一樣，老是被變態牽著走！不管怎麼說，我已經事先想好克服性癖的作戰計畫！在這趟旅行中，我一定要矯正她們的好色本性！

「那麼……接下來要做什麼呢？」

雪音小姐放下行李，大大地伸了個懶腰，傲人的雙峰也隨著她的動作擺晃起來。我立刻出聲回應：

「事不宜遲，趕快來玩吧！我已經想好方案了！」

我從自己的行李中拿出一本小冊子，翻開來給大家看。

「鏘鏘——！我還做了旅行計畫表喔！如何？超周到的吧？」

這是我為了讓旅行更加熱鬧而事先準備的。本天才可是毫無破綻的！

「唔哇，好噁心！這傢伙是怎樣？對旅行投注的熱情也太過頭了吧！」

「居然敢說我噁心！先看一下內容啦！每個人都有分喔！」

我半是強迫地把旅行計畫表塞到其他四個人手中。一邊翻開頁面一邊開口說：

「我看看，首先絕對少不了的當然就是BBQ派對吧？而且這附近好像也有各式各樣的觀光景點，之後大家一起去逛逛吧。另外，晚上好像可以看到很多星星，我也好想體驗看看觀測星象！還有露天浴池也很讓人期待！」

我快速地翻著計畫表，連珠砲似的愈說愈激動。計畫表上列出附近的觀光勝地，以及大家可能會有興趣的娛樂。

「難得看到天真學弟這麼雀躍呢。」

「哇～！好多一看就很有趣的行程耶！」

雪音小姐莞薾一笑，花鈴則是雙眼亮晶晶地看著我。

「不過比起大家一起行動，首先還是必須安排好各別的相處時間才行。」

畢竟是打著蜜月旅行的名義前來，還是希望能有各別與月乃、花鈴以及雪音小姐享受兩人世界的時間。大家一起參加的ＢＢＱ派對，應該晚一點再辦就好了吧。

「事情就是這樣，那麼首先是月乃。一起外出逛逛吧？」

「咦，我嗎？」

「是的。附近剛好有個很適合帶妳去的地方。」

我先邀請離我最近的月乃。她可能會喜歡的景點，我當然早就事先調查好了。

「我、我知道了……那麼就走吧……」

月乃點頭答應，第一個行程就決定去約會了。然後——

「既然如此，我就先待在家裡吧～有些事我想事先準備一下。」

雪音小姐帶著滿臉可疑的笑意，走向屋內的房間。

「花鈴要去河邊玩！搞不好可以捉到魚喔！」

花鈴一說完，便朝著附近的小河方向飛奔而去。

「那麼，我就好好觀察天真大人與月乃小姐的蜜月旅行吧？」

果然如我所料，愛佳小姐決定跟著我們。這下子必須謹慎再謹慎，絕不能讓月乃有機會當著愛佳小姐的面襲擊我。

「那麼我們要去哪裡呢？」

「啊，這個嘛，等妳去了就知道。現在就出發吧！」

說完，我便帶領月乃與負責監視的愛佳小姐一起往目的地出發，同時背著包包——裡頭裝有緊要關頭用來保命的道具。

※

「哇，好棒喔！真的好漂亮喔！」

眺望著布滿視野的美麗芝櫻花海，月乃開心地驚呼連連。

我帶著月乃來到的是距離別墅約十多分鐘的腳程，一處名為色彩廣場的花田。

這是一座蓋在標高一千公尺到一千五百公尺高原上的設施。占地內除了花田以外，還有時尚風雅的咖啡廳、美術館，以及必須搭乘纜車前往的觀景臺等各式各樣適合拍照的景點。不過，這裡最主要的樂趣，當然還是欣賞四周美麗的景色了。

「聽說這裡是打卡勝地耶！喂，天真！快點來拍照吧！」

因為月乃好像很喜歡ＳＮＳ，所以我才會帶她來這裡，看到她這麼開心，果然帶她來是正確的。只見她立刻拿出手機，對著延展於眼前的花田猛拍。有如地毯一般鋪滿周圍視野的淡粉色芝櫻，全被收進手機畫面裡。

「哦～！沒想到附近居然有這樣的地方。以天真的水準來說，這次的地點選得挺不錯的嘛！」

「真是多此一句耶，不過妳能開心就好。那邊好像也有很適合拍照的地方喔？」

「嗯，我要去！快點走吧！」

心情大好的月乃快步跑了起來。我猜得沒錯，月乃果然很喜歡這裡。接下來就暫時和月乃一起在這片園區內走走逛逛，讓她充分享受旅行吧。

像這樣小倆口相親相愛地開心出遊、和樂融融地閒聊的情景，應該可以表現出我對新娘修行果然是很有助益的才對。這麼想的我，也趕快跟上月乃的腳步。

就在此時，愛佳小姐開口說：

「你們兩人……看起來並不如想像中的感情那麼好呢？」

「「咦……？」」

聽到這句話，我和月乃不約而同望向愛佳小姐。

咦，為什麼……？我們明明相處得很融洽呀。

「不，應該說既然是為了將來的夫妻生活作預習，而前來蜜月旅行的話，不是應該更親暱——說白一點，應該更卿卿我我一點才對。最起碼也應該牽手吧？」

「……！」

原來如此。她期望的程度是這樣嗎？

這趟旅行的確是新娘修行的一環。愛佳小姐的目的並不只是監視我們是否過著健全的同居生活，同時也是為了視察身為臨時夫婿的我，是否有確實對三姊妹提供助益。

不過，還真沒想到會由愛佳小姐主動提出卿卿我我的要求。

「雖說如此，這終究只是我個人的感想罷了。我並不會強迫你們一定要卿卿我我，請依你們喜歡的方式相處就好。」

不，妳都已經這麼說了，基本上就算強制了。

既然如此，看來還是有必要至少做到一般約會時，常會做的親密舉動才行。這都是為了讓愛佳小姐看到，身為臨時夫婿的我是多麼盡心盡力地協助新娘修行。

「唔唔……」

然而，站在我身旁的月乃卻大感困擾似的低下頭。

這也是當然的了。因為月乃有發情癖。要是和男生牽手的話，她肯定會當場興奮起來，到時好色的本性就很有可能會被愛佳小姐知道。

月乃的性癖一旦曝光，對我來說當然也很困擾。所以，倘若是平常，我絕對不會靠近月乃。

不過現在的我——則是毅然牽起她的手。

「天、天真！你怎麼這麼突然……！」

月乃驚訝地瞪大眼睛。眼神就像是在說：「你明明知道我的性癖吧！」

「抱歉，月乃……這也是為了克服性癖的修行啊。」

我強忍著害羞的心情，以右手握住她的手——柔軟且柔弱的纖纖小手。

之前，為了進行克服性癖的修行，我們也一起去約會，過程同樣卿卿我我。現在只是當時的延續罷了。

「修行？現在嗎？萬一被發現了怎麼辦？」

「所以才要努力別被發現啊！好好在這趟旅行中，克服性癖吧！」

「怎、怎麼這樣！你突然這麼說，未免太強人所難了！至少也選個沒人會看見的地方嘛……」

「不，那可不行。這同時也是新娘修行的一環。必須讓愛佳小姐看到才行。」

我悄聲對月乃說。儘管月乃顯得不太情願，我則不顧她的意願，繼續緊緊握住她的手不放。

「原來如此。真是超乎我的想像，和諧如畫呢。以臨時夫妻來說，感覺還不錯。」

站在身後的愛佳小姐看著我們的互動，脫口說出感想。

「雖說如此，仍請務必把握分寸。你們的一舉一動，我日後都會一併稟報肇大人。若是有任何逾矩的行為，到時傷腦筋的可是您喔，請謹記我的忠告。」

「我、我當然很清楚了，啊哈哈……」

轟隆隆隆隆……面對她所施加的壓力，我只能乾笑回應。

然而另一方面的月乃，臉龐愈漸緋紅，呼吸也變得急促起來。

「呼……呼……嗯……嗯嗯！」

月乃竭盡全力地壓制高升的慾望。不過，她看起來似乎快要壓抑不住了。

「不、不行……！我忍不住了……！」

從她小巧的雙唇間流洩出濡膩的聲音，向我傳達她興奮的程度。

再這麼下去，月乃百分之百會發情，而且還是當著愛佳小姐的面。

「身體……身體好燙喔……！」

月乃靠向我，以融化般的眼神凝望著我，同時伸出手想要擁抱我——

下一瞬間，她的身體重重地一顫。

「嗯呀啊啊！」

月乃突然大叫一聲，同時有如彈跳似的從我身邊退開。臉上發情的神色已然褪去，完全恢復了理智。

「咦……咦……？」

她看看自己的身體，又再看看我，似乎還不知道發生了什麼事。之後，她將目光鎖定在我左手握著的一枝筆上。

「你、你……！該不會是用那個……！」

「呵呵……真虧妳一眼就能發現。」

沒錯，這枝筆正是克服性癖的祕密武器——整人道具的觸電筆。這是專門用來整人的商品，只要按壓原子筆的筆頭，筆身整體就會竄過電流。這枝筆我是在神宮寺家找到的，於是就偷偷帶過來。

剛才我便是利用這枝筆的電流，讓月乃恢復理智。

「月乃小姐……？您怎麼了？」

「只是起靜電而已。月乃，來，手要牽好喔？」

對於愛佳小姐的疑惑，我代替月乃打圓場，接著再次牽起她的手。

「喂，天真……！你該不會……」

「真不愧是月乃，反應真快呢。」

我選擇克服性癖的作戰，正是月乃一旦發情，就用電擊讓她恢復正常。反覆多次之後，讓她的身體記住「只要發情，就會吃苦頭」。月乃似乎也理解了我的作戰，頓時臉色發青。

老實說，弄痛月乃對我而言，相當有罪惡感。但畢竟有愛佳小姐跟在身邊監視，現在實在不是心軟的時候，再說握筆的我同樣也會受到電擊的波及而疼痛不已，所以這部分希望她就別跟我計較了。

而且我已經下定決心，一定要在這趟旅行中，替她們三姊妹矯正性癖。既然要做，就只能狠下心來！

「抱歉，如果不想被電，就克服性癖吧。這麼一來，我就會立刻停止電擊。」

「嗚嗚……！你給我記住……！」

我就這麼牽著月乃的手，一邊欣賞風景，一邊漫步在優美的園區內。四周除了芝櫻以外，還有許多色彩繽紛的高山植物爭相競豔，另外也能看到通往觀景臺的纜車。

這一路上，每當月乃差點因為發情而失去理智時，我便會用筆電擊她。而恢復正常的月乃，每每都會因為疼痛而露出泫然欲泣的表情。當然我也和她一樣很想哭。

不過，電痛她還是有價值的，她發情的頻率愈來愈少了。

「您沒事吧，月乃小姐？您從剛才開始就不太對勁……」

「嗯、嗯……還撐得住……」

即使和我牽著手，月乃依然可以鎮定地回答。

之後，當我們抵達園區最大看點之一的小教堂時，她已經不再發情了。

雖然這座教堂的建築物本身已經十分老舊而顯得有點髒髒的，但兩側裝飾的彩繪玻璃仍然光輝璀璨，好不美麗。來到這裡後，月乃靠近我耳畔說起悄悄話：

「吶，天真……已經可以了吧……？我已經不會再發情了……！」

「嗯！月乃，妳表現得太好了！」

只是牽手，她已經不會再失去理智了。這可是非常了不起的成果！搞不好她已經完全克服了性癖也說不定！

不過，接下來還必須確認，若是有更進一步的接觸時，她是否也不會發情。

於是我開口提議：

「吶，月乃。最後要不要和我練習一下結婚典禮呢？」

「啥？」

「這也是新娘修行的一環呀。難得來到教堂，為了替將來結婚時作好準備，還是先練習一下比較好吧？以免結婚當天手忙腳亂的，那可不得了。」

只要試試看牽手以外的事，就能知道月乃的性癖是否真的成功矯正了吧。而且我的工作並不只是矯正性癖。協助她們進行新娘修行，才是這次最主要的目的。同時也是為了證明我是可以勝任臨時夫婿的最佳人選，因此必須更積極地有所作為。

「可、可是……要練習結婚典禮，那不就──！」

月乃頓時滿臉通紅，當場石化。

愛佳小姐代替話說到一半的月乃接下去說道：

「您該不會打算親吻小姐吧？若是如此，我可無法坐視不管……」

「沒、沒有！我才不會做到那一步！」

感受到一陣讓人冷到骨子裡的冰冷視線後，我急忙開口否定。

「妳別誤會了，就只是互相交換誓約，再做做樣子擁抱一下而已。主要只是體驗一下氣氛啦。」

這種程度的話，就算向肇先生報告也無妨吧？愛佳小姐應該也不會生氣才對。

「原來如此……如果是這樣的話，您請便吧。」

「謝謝。那麼月乃，拜託妳囉。」

我拉著月乃的身體，讓她站到氣派的祭壇前；老朽的木頭地板嘎吱作響。

接著我們兩人面對面而站，背著愛佳小姐低聲交談。

「喂、等一下……！你是認真的嗎……？」

「別擔心，絕對不會有問題的。」

這句話裡蘊含了「現在的妳不會再失去理智了」的言外之意，鼓舞著大感困惑的月乃。之後，我對著站在一旁的愛佳小姐開口說：

「愛佳小姐，可以的話，能不能請妳扮演神父呢？」

「真拿您沒辦法……好吧，那我要開始宣讀誓約囉。」

愛佳小姐語氣半帶輕嘆地開始唸起印象中依稀記得的句子。

「首先是一条天真先生，您是否願意接受這位女性成為您的妻子，未來無論她是健康或殘疾，富有或貧窮，您都會發誓一輩子珍愛她呢？」

「是的……我發誓。」

「接下來是神宮寺月乃小姐，您是否願意接受這位男性成為您的丈夫，未來無論他是健康或殘疾，富有或貧窮，您都會發誓一輩子珍愛他呢？」

「唔唔……我……發誓……」

月乃羞澀地低下頭，努力擠出聲音回答。

……這個狀況雖然是我主動提議的，但連我自己都微妙地感到緊張。

看著一邊宣誓愛意一邊害羞不已的月乃，我不禁有一點怦然心動。明明只是簡單的練習，感覺好像真的和月乃結婚了一樣——

唔，我這個笨蛋！不要想太多了！

這終究只是工作。而且現在可不是心動的時候！

「那麼……請交換誓約的擁抱。」

「唔！」

一聽到這句話，月乃的身體反射性地輕顫了一下，可以知道她現在非常緊張。

不過說是擁抱，也只是做個樣子而已。被肇先生知道後也不會有問題的輕擁程度。

考量到截至剛才為止的成果，月乃應該不會發情才對。

「喂，月乃，不會有事的。就這樣克服性癖吧！」

「唔、嗯……我知道啦……」

月乃經過了一番天人交戰後，像是強忍著什麼似的，緊緊閉上眼睛與雙唇。

我朝她伸出雙臂，準備好等她靠過來。

接著，為了與個頭高挑的我相擁，月乃稍微挺直背膀，然後用力踮起腳尖，舉起雙臂伸向我。

「………嗯！」

於是我們的手臂慢慢環住對方的身體——

卻在最後一刻！耳邊突然傳來「啪嘰」的一道碎裂聲。

「呃，呀啊啊！」

「月乃！」

月乃原本站著的位置，腳下的地板伴隨一陣巨大聲響垮掉了。

原本地板就已經很脆弱了，大概是因為月乃為了挺直身體而過度用力，才會引發這場悲劇吧。至於月乃則因為地板垮掉，腰部以下全陷到地板底下。

接著——

「嗯唔……！」

「什……！」

由於站著的位置高度下陷，再加上事發當時的衝擊，月乃可愛的雙唇就這麼不偏不倚地撞向我的下半身。

簡而言之就是——月乃親吻了我的褲襠。

「您沒事吧，月乃小姐！」

愛佳小姐似乎完全沒有注意到這件事，二話不說就舉起月乃，將她救了出來。之後愛佳小姐上下打量月乃的身體，確認她有沒有受傷。

「太好了……看來並沒有受傷。」

啊，好險。她沒有受傷真的是太好了。

不過現在可不是說這個的時候。

「哈啊……哈啊……哈啊……！」

月乃滿臉通紅，氣息紊亂地看著我。

「吶，天真……來愛愛嘛？」

NOOOOOOOOOO！愛愛NOOOOOOOOOOOO！

這孩子完全發情啦——！

親吻褲襠這起強烈刺激性慾的觸發事件，點燃了月乃的慾火。

緊急事態！這可是無庸置疑的緊急事態啊！必須在愛佳小佳察覺異狀前，立刻讓月乃恢復理智才行。

我二話不說便拿出觸電筆，抵住月乃的身體。電流的衝擊流竄過我和月乃的身體；

然而……

「天真……我想要天真……！」

不行！觸電筆不管用！她已經完全發情，甚至連電擊也無法喚醒她！一旦演變成這個地步，已經無法奢望她會馬上平息了！

「月乃小姐，您怎麼了？果然有哪裡會痛嗎？」

愛佳發現到異狀後，雖然面無表情，仍語帶擔憂地詢問。

再這麼下去，月乃發情的事一定會穿幫……！在月乃恢復正常之前，得想想辦法盡可能和愛佳小姐保持距離！可是，這附近有可以供兩人躲藏的地方嗎？

我全力絞動腦汁，思考著最佳答案。這段期間僅有〇．五秒。

「啊！」

對了，我想到一個地方！可以兩人獨處，同時可以躲過愛佳小姐監視的好地方！

「愛佳小姐，我們去一下觀景臺！月乃好像很想去！」

「觀景臺……？啊，等一下，天真大人！」

為了不讓月乃暴走，我以公主抱的方式將她抱起，快步跑過教堂中央的處女之路。

接著跳上了位於教堂附近，通往觀景臺的纜車。

※

「天真……來做很多舒服的事吧……？」

搭上限乘兩人的纜車，逃離愛佳小姐監視的瞬間。

完全發情的月乃用著嬌豔無比的性感聲音引誘我。

接著她撩起裙子，對著我露出以淡粉色內褲包覆住的小屁屁。由於她將臀部翹向我，更加強調了臀部的豐滿與彈性。有如巨大桃子一般的臀瓣可愛而飽滿，內褲中心鮮明地浮現出帶有弧度的股溝線條。

月乃不停地擺動屁股，挑逗般地誘惑著我。

「吶……來體驗新婚之夜吧？」

「不，我才不要！我們又不是新婚，而且現在還是大白天！快點把裙子放下來啦！笨蛋！」

我盡可能不去看月乃，口氣強勢地試圖阻止她的暴走。

「天真……你要對我負責喔……我的初吻已經獻給天真的小〇雞了……我已經向天真的小〇雞宣誓愛意了喔……」

這傢伙……眼神超認真的。她是真心希望我侵犯她。

既然觸電筆的電擊已經無效，就只能讓她發洩性慾後，等發情症狀自然平息了。

這樣的話……只好使出殺手鐧了！

現在正是使用那個的時候！我為了保險起見而一起帶過來，用來代替內褲手帕的道具。可以的話，我真的很不想用……不過，想要解決眼前這個窘況，恐怕只剩這個辦法可行了！

我作好覺悟後，從我背來的包包裡拿出一本書，接著我不由分說地塞到月乃手中。

「拿去，月乃！妳看一下這個！」

「咦……？」

一看到那本書的封面，月乃瞬間停止動作，接著……她把書緊緊抱在懷裡。

「啊啊……天真的內褲照……！」

那本書的封面上印著——一条天真裸著上半身比YA的身影。

沒錯，正是如此。大家應該都猜到了吧？這正是……我的寫真集。正確來說，是我的半裸寫真集。

這本書是我發揮天才般的腦袋所想出，用來代替內褲手帕以擊退月乃的專用道具。裡頭收錄了我穿著一條內褲擺出性感姿勢以及入浴之類的照片，是一本點到為止的色情書籍。也就是用這本色情書籍讓月乃發洩性慾的作戰。

「天真……！天真的裸體好棒喔……！呼呼啊嗯……！」

於是，月乃出神地望著照片中醜態百出的我。在我眼前，有個正目不轉睛盯著色情書籍不放的女高中生。

接下來只要月乃可以就這樣只靠著色情書籍得到滿足，如此一來，這次的發情危機應該就能解除！

很好，太好了！一切皆如我所料！我果然是天才啊！

本大爺的性感身影，就連月乃也神魂顛倒、無可自拔啦！呼哈哈哈哈哈哈哈哈哈哈哈哈哈哈哈哈哈哈哈……………好想死。

順道一提，這本書是我拜託以前打工的印刷廠特別訂製的。我和那間工廠的老闆很要好，但自從拜託他印製這本書之後，他便完全把我當成變態看待了。真是的，我到底在做什麼啊？

不過這個殺身成仁的道具也算是準備得有價值了，當纜車到達山頂時，月乃的發情症狀已經平息了。

※

「唉……真是受夠了，簡直快累死了……」

拖著筋疲力竭的肉體與千瘡百孔的心靈，三個人一起回到別墅後——

我謹慎地送因為發情後的懊悔而萎靡不振的月乃回房。

「月乃小姐怎麼了？剛才在半路上就不太對勁。」

「大概是肚子痛吧……」

我隨便掰個理由打發愛佳小姐，還好奇蹟似的並沒有被拆穿……

只是原本明明想矯正性癖，沒想到反而一把點燃熊熊慾火……不過那種情況下也莫可奈何就是了，希望下次能更加小心謹慎。

正當我這麼想時，口袋裡的手機傳來震動，畫面上顯示雪音小姐傳來的訊息。

內容寫著：「到二樓的房間來一下。」

「雪音小姐有什麼事嗎……？」

反正原本就打算等一下要和雪音小姐約會。因為她似乎很喜歡貓，剛好聽說附近有間貓咪博物館，想說帶她去逛逛。既然她都主動找我了，我就順水推舟邀請她吧。

我領著負責監視的愛佳小姐一起前往雪音小姐指定的房間。

接著伸手打開房門——

「哦哦……！」

映入眼簾的是一看就很豪華的按摩室。房間中央鋪著一張看上去十分柔軟的墊子，周圍則擺放了觀葉植物與香氛蠟燭。陽光穿過輕薄的窗簾後，變得柔和幾分，為室內灑落恰到好處的亮光。另外還有氣氛極佳的音樂繚繞於耳。

至於雪音小姐本人則是跪坐在墊子旁等候。

「啊，歡迎光臨！天真學弟！」

雪音小姐笑盈盈地朝我揮揮手，語氣相當開朗地說道。

而我則是用與她完全相反的陰沉口氣回問：

「請問……妳那身打扮是怎麼回事……？」

她身上穿著看起來很好活動的運動服；只不過布料的面積少得可憐，上半身是運動內衣，下半身則是短到不能再短的小短褲。由於運動內衣的防禦力過低，使得雪音小姐豐滿的雙峰呼之欲出，短褲也是稍微偏滑個一點點，重要部位就會出來見客。老實說，看起來超色情的！

這個人……究竟有何用意？我明明不久前才交待過她不要做出奇怪的事吧？

「……妳先過來一下。」

我搭著雪音小姐的肩膀，半強迫地把她帶到房間的角落，接著用愛佳小姐聽不見的音量小聲逼問她：

「妳到底想做什麼？居然穿成這樣把我叫過來！」

「咦～？我只是想替你按摩而已呀？因為旅行不就是為了抒解平日的疲勞嗎？所以呀，我才希望能讓天真學弟好好放鬆一下。」

替我按摩？她該不會是想用按摩當幌子，霸王硬上弓吧……？愛佳小姐現在人可是就在旁邊耶！

「再說了，這也是新娘修行的一環呀？完美的新娘，當然必須好好療癒丈夫呀，你說對吧？」

「唔……」

確實，如果真的只是單純的按摩，應該不會有什麼問題吧。而且正好能讓愛佳小姐看看我協助雪音小姐進行新娘修行的情景。

就算雪音小姐想做出什麼不軌之舉，我身上也還有剛才的觸電筆……

「而且啊，難得愛佳剛好也在，我有很多事想請她教教我。」

「咦……？我嗎？」

聽到話題冷不防地轉到自己身上，愛佳小姐顯得有些驚訝。

「嗯。因為愛佳是女僕嘛，應該很了解這方面的事情才對。妳一定也學了不少如何療癒主人的技能吧？」

「過去母親確實教了我很多。雖然真正實踐的技能少之又少，但按摩這點小事易如反掌。」

「果然吧！所以呀，今天就請妳順便指導我一下吧！」

「好的。那麼，天真大人，請您脫掉上衣，躺在墊子上吧。我這就來示範給雪音小姐看。」

愛佳小姐正經八百地說道。喂喂喂，真的要做嗎……老實說，我還是有點不安。不過，如果對象是愛佳小姐，倒是不必擔心她會做出奇怪的事情。

「我知道了……那麼不好意思，麻煩妳了……」

我乖乖地照著愛佳小姐的話，脫掉上衣趴下來。之後，她站到我身旁，雙手觸摸我的背部。

接著拇指強而有力地一壓！

「喝！」

「唔咕──呀啊啊啊啊啊啊啊啊啊啊啊啊啊啊啊啊啊啊啊！」

一道非比尋常的劇痛刺激我的背部。這、這是怎麼回事？這不是按摩應該會有的疼痛啊啊啊啊啊啊啊！

「哎呀？為什麼會尖叫呢？我按的明明是可以有效抒解疲勞的穴道才對呀？」

妳絕對按錯位置了啦！我只有感覺到劇痛啊！

「那麼這邊如何呢？」

「嗯嘎啊啊啊啊啊啊啊啊啊啊啊啊啊啊啊啊啊！」

這、這麼說來……我差點忘記愛佳小姐其實是個超級兩光的女僕……她大概就連按摩也很不拿手吧。

超乎想像的劇痛讓我忍不住大叫。見狀的愛佳小姐小聲嘟囔說：

「……怎麼可能？難道是按的力道不夠嗎……」

不不不不不！不是的！唯獨這點絕對不是啊啊啊啊啊啊！

「那、那個……愛佳？天真學弟好像很痛耶……」

「是的。愈是有效的按摩，就愈是伴隨著痛楚。例如腳底按摩之類的就很痛。」

「原、原來如此……愛佳果然很厲害呢～」

愛佳小姐說著無法全盤否定的道理，煞有其事地打圓場。或許是因為她的表情太過正經，雪音小姐也被她唬弄住了。

「總之，只要照這樣使勁就好了。按摩最重要的就是力道。」

之後愛佳小姐趁著還沒露出馬腳前，迅速退離我身邊。接著她頭也不回地走到房間角落，一邊碎唸著：「怎麼可能……怎麼可能……」一邊使勁地對牆壁進行指壓。我覺得她還是早日辭掉女僕一職比較好……

「唔～嗯……可是如果照剛才愛佳的方式，天真學弟實在太可憐了……我還是用自己的方法來做吧！」

話一說完，這次換成雪音小姐站到我身旁，準備動手替我按摩。

「等、等一下，雪音小姐！」

老實說，我對於雪音小姐的按摩只有感到不安。她絕對會做出色色的事！

「咦，怎麼了？我也想替你按摩耶……」

「不了，那個……愛佳小姐已經替我充分抒解疲勞了，就不必再勞煩了。」

畢竟此刻愛佳小姐就在一旁，總不能直接說：「我才不想被妳做色色的事。」於是我決定隨便掰個藉口拒絕。

「唔……可是，這麼做有一方面也是為了向你道謝耶？為了謝謝你替我解圍。」

「咦？」

雪音小姐帶有一絲絲正經的語氣說：

「之前差點被爸爸發現我的性癖時，天真學弟不是抱著壯烈成仁的覺悟替我解圍嗎？當時我真的很開心喔～」

「不、不會啦……那又不是什麼大不了的事……」

「而且天真學弟總是為了我們付出各種努力不是嗎？還幫我發洩了許多慾火高漲的性慾。」

的確，而且還不只是雪音小姐而已……她們一家三妹妹都是變態。

「所以呀，我才想以新娘的身分替天真學弟抒解疲勞，回報你至今為我們所做的一切。我無論如何都希望能把謝意，化作實質的回饋……」

「…………」

…………她居然那麼感激我嗎？

明白她的心意後，儘管是我也難掩臉上的笑意。能被女孩子這麼惦記，果然還是會單純地感到開心。

而且難得雪音小姐如此體貼我，蹧蹋她的好意也說不過去嘛……

「……我明白了。那就麻煩妳稍微療癒我一下吧……」

我放棄掙扎地說完後，雪音小姐的表情頓時明亮了起來。

「天真學弟，謝謝你！我一定會好好加油的！」

雪音小姐說著的同時，立刻開始動手觸摸我的身體。她美麗的纖細手指輕輕撫摸我的背部。

「那麼，首先就從這裡開始按摩吧～？」

「嗯咕……！」

她決定好開始的部位後，便開始用手掌按壓我的背部。

「呵呵！如何呢，天真學弟？舒服嗎？」

我原本僵硬的身體在她的雙手動作下慢慢放鬆下來。其力道與愛佳小姐完全不同，讓人感覺非常舒服。

「是、是的……很舒服……」

「太好了～那我就繼續囉～」

雪音小姐依序替我按摩了背部、雙臂以及肩膀。她的手掌非常溫暖——這可不是客套話，而是真的讓人感覺非常療癒。就連愛佳小姐在看到她的按摩方式後，也頓時受到啟發說：「難道我太過用力了……？」一臉獲益良多的表情。

「吶，天真學弟，會不會痛？我的按摩及格不及格呢？」

「完全沒問題……雪音小姐真的非常拿手呢……」

「真的嗎？謝謝你～我好高興喔～」

羞赧的雪音小姐綻開一抹溫柔的笑容，接著她靠近我的耳畔輕聲呢喃：

「那麼——這裡也幫你按一按吧？」

「咦……？」

雪音小姐一邊說一邊移動手掌，然後撫上我的臀部。

「什……？」

「嘿咻，嘿咻……天真學弟的這裡也很僵硬呢。」

這、這該不會是……ＰＬＡＹ吧？變態ＰＬＡＹ開始了？

不，等等。先冷靜一下，一条天真。這種情況也有可能只是認真地在按摩……

「哈啊哈啊……天真學弟的屁股……哈啊哈啊……！」

不，不對！這絕對是往常的那個！她果然又開始了！

愛佳小姐明明就在旁邊，她居然膽敢做出變態的行為！

「原來如此……臀部也必須像這樣揉才行啊……？」

所幸完全進入學習模式的愛佳小姐並沒有發現這是色色行為。不過，我想被發現也只是時間早晚的問題吧。只要看到雪音小姐的表情，她應該馬上就會發現到這是色色的行為才對。

「我現在正在大摸特摸天真學弟色色的地方呢……！」

這下不妙！這下大大不妙啊！必須快點阻止她，否則絕對會穿幫！

我二話不說就拿出觸電筆，抵住雪音小姐的手，接著電流便伴隨著劈啪聲響竄過她全身。

「啊嗯……！剛才那個……真是太刺激了……♪」

糟糕！她反而更舒服了！

這麼說來，我都忘了她根本就是個超級被虐狂啊！就算利用電擊帶給她痛楚，她也不會因此卻步，只會更加愉悅罷了。性癖又更加惡化了！這個方法行不通！

「等等，雪音小姐，已經夠了！我已經充分獲得療癒，請妳停止吧！」

既然如此，就只能正面阻止她了。我支起上半身，強制中斷按摩。

然而她的亢奮情緒卻絲毫未有收斂。

「不行喔～天真學弟……這還只是開頭而已呢。」

「咦？」

「接下來才是真正的療癒喔？我會給你更多按摩的☆」

雪音小姐邊說邊伸手拿來擺在附近的包包，並將裡頭裝的東西全部倒在地上。其中吸引我目光的是……

「等等，這是——！為什麼會有電動按摩棒？」

包包裡出現的是手持電動按摩器，俗稱按摩棒的機器。那個原本應該是抵在肩膀與腰上，利用振動達到按摩效果的機器。

「那、那個……雪音小姐……？」

愛佳小姐看著那個機器，小心翼翼地舉起手。

是說這傢伙是白痴嗎——！不要當著愛佳小姐的面拿出這種東西啦！

這下根本完全露餡了嘛——！

「這個機器——究竟是做什麼用的機器呢？」
她不知道！愛佳小姐居然不知道按摩棒！真是生死一線驚險過關啊！
「這個啊，只是普通的手持按摩機呀？僅止於此而已。」
確實是這樣沒錯！原本確實就只是按摩的道具而已！
不過對妳來說，百分之兩百是當作猥褻玩具看待吧！
「接下來我就用這個，讓你享受超級舒服的按摩吧♪」
正因為使用的道具是猥瑣的，這番話聽起來也只剩下糟糕的意思！話說這傢伙絕對是故意這麼說的吧！
「不過首先必須用這個做好事前準備呢～」
如此說著的雪音小姐從包包裡拿出另一個東西。那是按摩專用的潤滑油。
「先抹上這個，增加身體的潤滑度吧～」
她該不會想進行油壓吧……？難道是想用抹油當作藉口，趁機摸遍我的身體嗎！就像色情按摩那樣！
「住、住手！按摩已經非常足夠了！」
「咦～為什麼～？明明可以非常舒服耶～」
雪音小姐拿著容器，伸手準備替我抹油。她一手拿著按摩棒，一手拿著按摩油朝我逼進。

「主人——天真學弟！讓我來伺候你——替你按摩吧！」

「就說了妳做得太過火了！我不是說已經夠了嗎！」

我為了抵抗，緊緊捉住雪音小姐的雙手。彼此的手臂都使勁全力，想要推開對方。

雖說如此，我在力量上還是占上風。三兩下便順利推開她，逃過了被抹油的命運。

不過就在此時，意外發生了。

我推開雪音小姐的作用力，使得裝有按摩油的容器脫離她的手。只見容器高高飛向雪音小姐的頭頂上，裡頭的內容物也隨之從打開蓋子的容器裡全數灑出。

「呀啊啊！」

下一瞬間，雪音小姐淋了一身的按摩油雨。雪音小姐全身都覆滿黏稠的滑溜溜液體，使她雪白的肌膚泛著晶亮的油光，充滿肉感的豐滿軀體在淋溼後顯得更加撩人。

「哇……嚇、嚇我一跳……」

「雪音小姐！妳沒事吧？」

「嗯、嗯……只是溼掉了而已。稍微沖個水就能——呀啊！」

正準備站起身的雪音小姐因為按摩油而滑了一大跤，伴隨著咕啾聲響往我倒過來。

「唔哇啊啊！」

倒楣受到雪音小姐牽連的我又再次倒回墊子上。雪音小姐豐美飽滿的身體壓在我全身上。

「唔……好痛……」

定睛一看，雪音小姐令人稱羨的身體就近在眼前。

或許是因為按摩油增添了皮膚的潤滑吧，她的衣服稍微有點移位，胸部也跟著若隱若現。就我的感覺來說，簡直就像是全裸的雪音小姐朝我撲過來一般。

而且雪音小姐因為滑倒而鬆開握著按摩棒的手。至於那支按摩棒則以驚人的命中率，不偏不倚地滑進雪音小姐沾滿按摩油的雙峰之間。

乳溝間挾著成人玩具的豐滿巨乳就近在眼前……這幅光景未免也太過猥褻了。

「對、對不起！天真學弟！我現在馬上移開胸部喔！」

雪音小姐支起上半身，準備順勢站起來。

然而……

「咦，怎麼會……？奇怪……我站不起來……？」

看來應該是因為按摩油太滑了，使得她無法如願地行動吧。她在我身上不斷努力掙扎著想要站起來。每次動作時，碩美的豐臀就在我的下半身蹭呀蹭地。飽滿豐潤的柔軟重量直接刺激著我的敏感帶。

「嗯……唔啊！」

現在是什麼情況？現在是什麼情況？這個人究竟在做什麼？拜託快點從我身上下來啦啦啦！

「雪音小姐！我現在就去救您！」

此時，愛佳小姐伸出援手。她來到雪音小姐身旁，扶著她的身體想要把她拉起來。

「啊──我太失策了──！」

然而，愛佳小姐也因為一腳踩在灑出來的按摩油上，當場滑倒在地。虧她外表看起來挺有架勢的，骨子裡根本就是個兩光到極點的女僕嘛！

而且跌倒時，愛佳小姐的手臂剛好壓在雪音小姐的胸部上。大概就是此時的作用力作祟吧，居然以堪稱奇蹟的準確度開啟了雪音小姐乳溝間的按摩棒電源。

同一時間，按摩棒在雙峰之間劇烈振動起來，還不時發出「嗡嗡嗡嗡嗡嗡嗡嗡！」的聲響。而雪音小姐的胸部也配合著振動，小幅度地劇烈顫動起來。

「啊──呀啊啊啊啊啊嗯！哈啊啊啊啊啊啊啊啊嗯！」

她．究．竟．在．搞．什．麼．鬼．啦！

胸部受到按摩棒的蹂躪，雪音小姐忍不住發出嬌喘。

她到底是怎樣？雜耍藝人嗎？該不會這一切其實只是一場表演秀？

「我、我被按摩棒侵犯了！我被按摩棒侵犯了啊啊啊啊啊！」

「不要一副像是在叫我的口氣啦？無端遭牽扯超無辜的耶！」

「哈啊啊啊啊啊啊嗯！嗯啊啊啊啊啊啊啊啊！」

全身上下沾滿按摩油的雪音小姐因為按摩棒的振動，而酥麻難耐地在我身上不斷掙扎扭動。

「不、不行啊啊啊啊啊！這種的不行啊啊啊啊啊啊啊！胸部顫動得讓人受不了啊啊啊啊啊啊啊！」

「小、小姐！對不起！我會馬上想辦法的！」

愛佳小姐大概是對於啟動按摩棒感到自責，於是拚命地想要幫助雪音小姐。她或許以為雪音小姐正為了按摩棒而受苦，儘管自己也因為按摩油而動彈不得，仍努力想要取下雪音小姐胸間的按摩棒。

不過她誤會了，那只是嬌喘而已。這場完全出乎意料的臨時ＰＬＡＹ，只會讓那個超級被虐狂歡喜不已！

「呀！哈啊！肩膀痠痛都治好了喔喔喔喔喔喔喔喔喔喔喔喔喔喔！」

——她的體內究竟發生了什麼事……

究竟是按摩棒的振動，還是身體的痙攣呢？雪音小姐全身大幅度地顫抖，接著倒趴在我身旁。而按摩棒也在胸壓的擠壓下，順勢從乳溝間「咕啾」地滑了出來。

「呼……呼……天真學弟，謝謝你……真的很舒服喔……」

「……………」

不，我可什麼事也沒做喔……？反而全都是愛佳小姐一手促成的喔……？

我費了好大一番工夫才扶起一臉恍惚癱倒在地的雪音小姐，將她帶到房間內附設的浴室裡。之後當然也把全身同樣沾滿按摩油的愛佳小姐搬了進去。

※

把雪音小姐和愛佳小姐帶到浴室後，我在走廊上邊走邊發牢騷。

「真受不了……根本沒有享受到按摩，反而只是更累了……」

不管月乃也好，雪音小姐也罷，真希望她們行行好放過我。為什麼她們就不能稍微忘記一下性慾呢？難道永遠都要順著本能行動嗎？

「啊，天真學長！找到你了！」

忽然被人叫住，我轉過身一看，花鈴正朝我飛奔而來。

「討厭啦，你究竟去哪裡了？不是說好要一起玩嗎？」

「啊，對喔，抱歉，剛好有很多事要忙……」

我確認一下時間，現在應該是陪花鈴玩的時間了，所以她才會到處找我吧。

「咦……？這麼說來，愛佳學姊呢……？」

「愛佳小姐的話，她現在正和雪音小姐一起去洗澡了。剛才發生了一些事……」

「這樣啊？那麼現在就只有我和學長兩個人獨處囉？」

花鈴喜上眉梢地靠到我身邊。

「既然這樣，那我們就可以毫無顧慮地大玩特玩囉！為了ＢＢＱ派對，花鈴現在正打算去捉魚！學長要不要一起去？」

「咦？魚？」

我仔細打量花鈴，只見她穿著一套連身泳裝，外頭再罩著一件防曬衣。泳裝還有點溼，看得出來她剛才應該去了水邊。

「這一帶的溪流裡，可以捉到各種美味的魚喔？例如天然香魚，更是都市裡很難吃到的呢！」

「哦～那很稀罕耶。真的捉得到的話，那麼還真想捉捉看。」

「對吧？所以學長也一起去嘛！」

說完，花鈴就揪住我的衣服撒嬌起來。

只不過，有一件令人不安的事……

「我說花鈴啊，妳那件泳裝……應該不是人體彩繪吧？」

穿著泳裝的花鈴，在河邊戲水……老實說，我滿腦子只有不好的預感。畢竟不久之前，我才剛受到另外兩人變態行為的摧殘，而且花鈴這傢伙看起來就在打什麼歪主意。例如非常糟糕的暴露ＰＬＡＹ。

「啊哈哈，這怎麼可能嘛～不信的話，你可以直接摸摸看喔？」

「笨、笨蛋！我哪可能摸啊！」

花鈴邊笑邊挺起以泳裝遮覆的胸部。這個姑且應該是真的。

「再說花鈴還有乖乖穿上防曬衣呀？你反而應該誇獎我才對耶～」

「確、確實……還真是了不起啊……」

如果是平時的花鈴，一定連防曬衣都不會穿，還會刻意選擇裸露度很高的泳裝吧。

不過現在卻完全相反──

「──我知道了。那我就跟妳一起去看看吧！」

「是！請跟我來吧！」

花鈴喜出望外地跑出屋外，我也跟在她的身後，走在群木林立的大自然之中。

看來這次是我太多慮了。唯有花鈴和另外兩個姊姊不一樣，一定可以憑著自己的意志力控制性慾。為了獎勵她，就陪她一起盡情玩耍吧。

最後跟著花鈴來到一條十分優美的溪流。溪水清澈透明，光是聆聽潺潺水聲便能感覺到心靈正受到療癒。

「哦哦！好漂亮的小河！」

「對吧！花鈴從以前就最喜歡這裡了！」

花鈴先在岸邊脫掉防曬衣，接著進入水中。我也捲起褲管，將腳泡在冰涼的河裡。

「哇……好多喔！」

水底可以看到許多河魚自由自在地游水。

取之不盡的新鮮獵物就在眼前，花鈴二話不說，當場化身為獵人。

「學長看好囉……嘿！」

花鈴豪邁地把手伸進水裡，打算徒手捉魚。隨著「啪唰」的一陣輕盈水聲，濺起一泓小小水花。

「啊，不行！魚都逃走了！」

「好！我也來試試吧！」

我盯著周圍游水的魚群，鎖定其中一隻目標。當魚兒從上游往我的方向逼近時，我立刻以迅雷不及掩耳的動作伸出手。

然而，就在我的手伸進水裡的瞬間，魚兒便察覺到危險逃之夭夭。

果然太難了……徒手捉魚根本不可能輕易達成。

不過挑戰本身倒是挺有趣的。明知捉不到，還是讓人欲罷不能。

「唔……至少能捉到一隻也好嘛……」

我在心中鎖定目標，緊緊盯著水底的魚群。

正當我玩到忘我時——「啪唰」一聲，一掬水正中我的臉。

「唔哇！」

「啊哈☆學長太沒防備了喔～？」

對我潑水的犯人當然就是花鈴。她對我露出一臉得意的惡作劇笑容。

「妳啊……膽子不小嘛！」

「呀！你敢潑我！我可不會輸你！」

「唔哦！」

兩人一來一往互不相讓，從捉魚演變成打水仗。我對準花鈴，「啪唰啪唰」地一陣亂潑。

「我絕對要讓學長的衣服溼到會滴水！」

「誰怕誰！放馬過來！」

總覺得……這種事意外地挺不錯的。

只要去掉變態本性，花鈴其實是個很可愛的學妹。像這樣陪著她一起天真無邪地遊玩，總覺得心靈也受到了洗滌。或許是因為至今為止，從不曾和女生交往吧，儘管知道這只是工作的一環，還是會忍不住真心樂在其中。彷彿真的和花鈴結為了夫妻……更正確來說，感覺就好像真的戀人一樣。

就在此時——花鈴的身上突然發生了重大變化。

「呀啊！」

「花鈴……？」

就在一陣巨大水花之後，只見花鈴整個人跌進水裡。「啊噗……唔啊……」她兩手開始拚命地揮動。

該、該不會……溺水了？

「喂，花鈴！妳沒事吧！」

我急忙趕到花鈴身邊，一把捉住她不停掙扎的手臂扶住她，以免她被水流沖走了。

接著，我一口氣將她拉出水面。

「嘿咻……！」

「噗啊……！呼……呼……！」

就在我用力拉起花鈴時，她也順勢緊緊抱住我。身上溼淋淋的河水，反射著陽光閃閃發光，綻放出美麗光輝。

「花鈴，妳沒事吧？可以呼吸嗎？」

「是、是的……謝謝學長……！」

幸好她沒有溺水。

我望向花鈴跌倒的地方，剛好是河床較深的水域。看來應該是絆了腳，才會整個人跌進水裡吧。

「呼……太好了，害我擔心了一下。要是妳被水沖走了怎麼辦……」

「唔嘿嘿……對不起。我也嚇了一跳……啊，學長的衣服全都溼了耶？」

大概是有所顧慮吧，花鈴立刻從我身上退開，與我保持距離。我低頭看了一下自己的衣服，剛才被花鈴這麼一抱，的確全都溼透了。

「對不起，都怪花鈴太不小心了……」

「不，妳不必放在心上。這點程度很快就乾了。」

為了消除她的罪惡感，我投給沮喪不已的花鈴一抹笑容。就在此時——

「嗯……？」

當我一看到花鈴的身體，大腦的思考瞬間停止。原因正是眼前所見到的異樣光景。

現在的花鈴正穿著連身泳裝。不過，那件泳裝的局部範圍卻消失無蹤。泳裝上四處出現大大小小的破洞，露出可愛的肚臍眼與美麗的柳腰，看起來就好像被蟲蛀掉了似的。

另外，沒有破洞的胸部與私處則是透著肉色，這是一般泳裝絕對不可能發生的狀況。挺立的乳頭浮現而出，就連下半身最重要的部位，只要定睛凝望，同樣清晰可見。看來是跌進水裡時，因為不明原因導致她泳裝的一部分消失，裸露度明顯增加了。

不，好可怕好可怕好可怕！這是怎樣這是怎樣？究竟發生什麼事了？為什麼布料會消失？

那個布料看起來就好像泡了水的撈金魚紙網……

咦……？那件泳裝該不會……溶化了？

「喂，花鈴……妳那身打扮……」

「咦……？啊！」

花鈴打量了一下自己的身體，終於發現到泳裝的變化。她急忙用兩手遮住變成蟲蛀狀態的肚子。

然而下一瞬間，她就好像看開了似的放開手。

「啊……這麼快就被發現了……花鈴原本打算讓學長慢慢注意到的……」

花鈴滿是遺憾地如此說道，同時因為自己的肌膚暴露在我的視線之中，雙頰逐漸染上紅暈。

嗯，想想也是啦。這傢伙果然也已經挖好坑，等著我跳進去了……

「不過這樣也不錯……！學長！花鈴現在這身打扮非常羞恥！所以，請你儘管看吧！多看看好色的花鈴吧！」

花鈴捧起胸部，故意展現給我看。由於布料完全貼在胸部上，肉色的肌膚更加清晰可見。

「妳、妳啊……這究竟是怎麼回事……？那件泳裝怎麼會變成那樣……」

實在無法視而不見，於是我戰戰兢兢地開口詢問。花鈴聽見後，高高地揚起嘴角。

「其實啊……這是我特別訂製的『可溶水泳裝』喔！」

可溶水泳裝，這是什麼鬼……？

「這件泳裝只要一碰到水，就會一點一滴地慢慢溶解消失，最後便會全裸見人。換句話說，只要穿上這件泳裝，就可以體驗到泳裝逐漸消失的刺激感，同時又能大玩暴露ＰＬＡＹ！如何？我很天才對吧？」

真的是敗給她了……又是人體彩繪，又是廁所羞恥ＰＬＡＹ，每次都能想出不同的花招！她難道不能適可而止一點嗎！我的佛祖笑臉剩餘量差不多要歸零囉？我差不多真的要發飆囉？

「我說花鈴啊……妳是傻了嗎？之前不是交待妳不能在外頭裸露嗎？要是被別人看見了，絕對會上新聞頭條的耶！」

「不會有問題啦！因為這裡是神宮寺家的私人土地呀！周圍又有柵欄圍著，外人是沒辦法進來的，所以這一帶都像我們家一樣！因此這一切都合法！證明完畢！」

「不，就算是這樣也不行！而且愛佳小姐正在家裡監視耶！」

「所以我才鎖定只有我們兩人獨處的時候啊！而且，這對花鈴的色情漫畫來說，可是非常重要的！」

「漫、漫畫……？」

「沒錯！這個ＰＬＡＹ也是所謂資料蒐集的一環！我打算畫一篇穿著可溶水泳裝大玩暴露ＰＬＡＹ的漫畫！」

這麼說來，她不久之前好像曾說過……說什麼為了出版色情漫畫，她現在正在趕工作品什麼的……

「吶，學長。拜託你幫幫花鈴嘛，就像之前魔術鏡那時候一樣。花鈴想把自己最真實的悸動融入漫畫之中！」

「可、可是……要在這種野外地方，我實在——」

「所以嘛，請你看好囉……♪」

花鈴以河水沾溼手後，直接觸摸泳裝。

掛著透明水滴的手滑過泳裝上方，一路從胸部、肚子、腰間，最後再到屁股，強調著身體的線條。

「啊哈☆好冰喔！」

泳裝在吸了水之後，進一步溶化。

原先有如蟲蛀的破洞逐漸擴大，花鈴也愈來愈接近全裸。保護胸部與下半身的布料愈來愈薄，幾乎呈現透明狀。花鈴身上的布料感覺隨時都會溶化得無影無蹤，屆時她的一切也將一覽無遺。

「花鈴非常好色的地方，再不久就要被看光光了……！花鈴馬上……就會變得全身赤裸了……！」

花鈴毫無形象地半張著嘴，身體有如觸電般不停輕顫。滑過她身體的水滴，確實一點一滴地逐漸溶化泳裝。

「啊啊嗯！學長，你看到了嗎？花鈴馬上就會全裸囉？這實在太差恥了……！所以你一定要多看一點喔！」

「喂，笨蛋！不要那麼大聲啦！是說妳到此為止就好！」

儘管我試圖阻止她，花鈴卻完全聽不進去。就算想使用剛才的觸電筆，但是在水裡使用的話，感覺又會很危險……

「噫呀啊啊！啊嗯，不行！被脫光真的好舒服啊！舒服到腦袋都快要融化了……！腦袋裡的螺絲也和泳裝一起溶化了！」

花鈴絲毫無意遮掩泳裝上要破不破的部分，反而還主動潑水加速溶化。胸前原本就已經岌岌可危的布料，如今溶化殆盡，守住下半身的部分也即將消失——

「不行了！花鈴即將全裸了！全裸倒數五秒啊啊啊啊啊啊啊啊！」

「花鈴小姐？原來您在那裡啊……？」

「「唔！」」

好像聽到一道……很不祥的聲音？

從小木屋方向傳來一道冷靜沉著的女性話語聲。來者的身影被樹木擋住看不見，但那個人很顯然是愛佳小姐。

「咦……咦？為什麼愛佳學姊會……？」

「該、該不會……是來找我的……？」

可能是找我找到一半，剛好聽見花鈴的聲音，於是就決定繞過來看看吧。

愛佳小姐窸窸窣窣地踩過落葉，朝我們的方向走來。

「不、不不不不妙啊！喂，這下該怎麼辦啦！該怎麼辦，花鈴！」

「穴、穴穴穴穴、穴穴、穴穴、穴倫精一點，天真學長！」

「妳才是先冷靜一點啦！都口齒不清了喔！」

真的全裸倒數五秒前的花鈴，有如壞掉的玩具做出僵硬的謎樣動作。她慌張的程度更勝於我。話說到底要怎麼樣才能說錯話，講成「穴穴」啦！妳打算讓我重新投胎嗎？

總之，當務之急就是得設法解決花鈴的那身打扮。只要她能穿上普通的衣服，即使被發現也不會有問題。

「對了，花鈴！上衣！快點套上防曬衣！」

「不、不行啊！我放在岸邊了！現在過去，會和愛佳學姊撞個正著！」

「可惡……！既然這樣，跟我來！」

我拉起花鈴的手，帶著她逃往愛佳小姐所在位置的對岸，然後我們兩人躲進茂密的樹叢裡。

「呼……呼……」

「真、真的逃得掉嗎……？不會有問題吧……？」

花鈴泫然欲泣地望著我。既然這麼害怕，那就別露啊……

我透過樹叢的縫隙窺視對岸的動靜，沒多久就看到愛佳小姐的身影出現在岸邊。

她一邊環顧四周，一邊走進水裡。接著，她在河床中間停了下來，還以為她會就此止步，但她不知道為什麼突然閉上眼睛。

「……似乎可以感受到氣息。」

咦？她是怎樣？為什麼會讀取氣息？她是忍者嗎？

「總共有兩道。其中一道氣息應該是花鈴小姐的吧……」

而且還完全無所遁形！明明料理之類的能力超令人絕望的，但其他莫名其妙的能力卻非常高超！

這麼說來，她好像曾經說過，自己除了女僕的工作以外，其他方面都很優秀……？

而且從三姊妹的話聽來，她似乎也相當受到肇先生的信賴……

真不愧是大企業的實習祕書！雖然家事樣樣不行，依舊不容小覷！

「來源是……那一帶嗎？」

愛佳小姐望向我們的方向，並在水中緩緩邁開步伐。

「哇啊啊啊……要、要穿幫了……花鈴是變態的事就要穿幫……！」

「可惡……！究竟該怎麼辦……」

事到如今，即使想逃離樹叢，只要一移動，就絕對會立刻被愛佳小姐發現。話雖如此，如果繼續待在這裡，被她找到也只是遲早的事。

必須趕快想想辦法！可以待在這裡不動，並且騙過愛佳小姐的辦法！守護花鈴的好辦法！

我拚了命地絞盡腦汁，思考突破絕境的生路！

就在此時——

「你們果然在這裡，花鈴小姐與天真大人。」

才過沒多久，愛佳小姐便找到坐在樹叢裡的我和花鈴。她頂著一成不變的冷酷表情俯視著我們。

然而，愛佳小姐的神色隨即一變。

她將視線從我們身上移開，一臉不可思議且尷尬地詢問：

「您為什麼全裸呢——天真大人？」

沒錯。我脫掉了身上穿的襯衫，現在正打著赤膊。至於我脫下來的襯衫，現在則套在花鈴身上。

「呃，是這樣的……因為花鈴跌進河裡，她的衣服溼掉後變得很透明，所以我就把自己的上衣借給她了……」

我看了一眼身上正穿著我的襯衫的花鈴，對愛佳小姐如此解釋。

剛才就在愛佳小姐即將找到我們之際，我在最後一刻緊急脫下自己的上衣，替花鈴套上。由於花鈴的個子比我嬌小許多，一件襯衫就足以遮住身體。如此一來，全裸的事情就不會穿幫了！

「原來如此。那麼趕快回小木屋吧。我去替花鈴小姐準備更換的衣服。」

看來愛佳小姐完全相信我的解釋了。

「知道了！我們走吧，花鈴。」

「好、好的！」

兩人跟在愛佳小姐的身後走著，我不禁在心底大大鬆了一口氣。

啊啊……還好我在最後一刻及時想出藉口……要不然花鈴那些腦袋有洞的暴露行為，就會被撞見了。如此一來，我和花鈴也就到此為止了。

「謝謝你……我是說真的，幸虧有你在……」

同樣放下心來的花鈴，黏到我身邊向我道謝。

「如果真的這麼想，能不能請妳以後儘量少暴露一點啊……？」

「這個……我絕對辦不到♪」

我小聲問完後，花鈴綻開大大的笑容回答。

※

分別陪三姊妹玩過一輪，與大家一起回到小木屋後，我獨自坐在空無一人的客廳沙發上，深深地嘆了一口氣。

「和她們待在一起……真的好累人……！」

這是我在這趟與三姊妹的蜜月旅行當中，得到的第一個感想。

為什麼她們三人的性癖全都矯正不了呢？觸電筆無效，我說的話也當成耳邊風！從這個情況來看，我實在沒有自信可以平安撐過愛佳小姐的監視。

不過矯正性癖的困難度，看來遠比我想像中的還要高。要不要乾脆進一步提高懲罰手段的等級呢？不，那樣似乎也只會讓雪音小姐更加愉悅而已……

「啊，天真，原來你在這裡呀。」

正當我陷入思考時，走廊上傳來呼喚聲。我抬頭一看，月乃她們三人一個接著一個走進客廳。

「天真學長！差不多該來準備ＢＢＱ派對了喔～！」

「好久沒辦ＢＢＱ派對了，心情不由得雀躍起來了呢～」

啊，對喔……這麼說來，晚餐要舉辦ＢＢＱ派對。老實說，從決定要旅行的時候起，我就一直很期待了。這時候就提起興致來吧！

「總之，首先要去採買必要的食材，以及準備ＢＢＱ的器具吧？器具的話，這棟別墅會有嗎？」

「有。花鈴和姊姊們以前也經常會在這裡舉辦ＢＢＱ派對喔！」

「只是要拿出來，得花一點時間。」

原來如此。這麼一來，就必須分成採買組和準備組才行。

「那麼我出門採買食材。這段期間，妳們就把該準備的東西先弄好。」

畢竟提東西這種粗重的工作，本來就應該由我這個男生去。我這麼想，於是便自告奮勇。

「這樣的話，我也和您一起去買東西吧。」

此時，正好從廁所回來的愛佳小姐對著我開口說：

「基本上，我必須隨時盯著天真大人才行。」

「是嗎……？不過，我只是去買個東西而已耶？又沒有和月乃她們在一起，實在沒必要繼續監視吧？」

「不，畢竟這是我的工作。就讓我跟著天真大人吧。」

「呃，可是，我想食材那些一定會很重，妳還是留下來幫她們比較——」

我話還沒有說完，愛佳小姐突然揪住我的衣服下擺，接著她小幅度地搖搖頭。

（……如果和三位小姐一起準備，一定會被她們發現我是個兩光女僕……！）

愛佳小姐用莫名悲切的視線對我訴說。她揪緊我的衣角，像是懇求般地拉了拉。

的確，事到如今，實在無法向三姊妹暴露自己兩光的一面……畢竟一直以來，三姊妹似乎都認定她很優秀嘛……

「我、我知道了……那就麻煩妳了……」

被人用這種眼神拜託，我實在拒絕不了。仔細想想，我一個人要搬回五人份的食材，確實有點吃力。老實說她能跟來，的確幫了我大忙。

「那麼，買東西就交給你們兩人囉？我們會在這段期間準備好器具的。」

「交給我們吧。那我們出門了。」

如此這般，我和愛佳小姐便一起出門買東西了。

※

購物地點是一間距離別墅不算太遠的超市。依人數買好食材和飲料後，再裝進購物袋裡。

接著踏上回程。我和愛佳小姐一人提一半買好的東西，兩人並肩走在山路上。

「……謝謝您，天真大人。剛才多虧您幫我一把……」

「沒必要那麼客氣啦，小事一樁而已。每個人多少都會有一、兩個祕密嘛。」

我的腦海裡一邊浮現三姊妹的事，一邊安慰愛佳小姐。

聞言，她半是自虐地說：

「在小姐們眼中看來，似乎覺得我是個令人憧憬的女僕……從以前開始，我便一直努力掩飾，結果把自己逼進無路可退的絕境。相當愚蠢吧……」

「原、原來是這樣啊……那麼妳乾脆說開來如何？這樣妳也可以解脫不是嗎？」

「我當然也曾這麼想過，但是不得要領。要向人坦誠祕密，意外地非常困難。」

的確，她說得或許沒錯。再說了，如果可以輕易向人坦誠，根本就不能算是祕密。就好比三姊妹的性癖，我也絕對無法向別人訴說——

「話說回來，天真大人……您剛才似乎和三位小姐們玩得很開心呢？」

「咦……？」

愛佳小姐冷不防地丟來一句意有所指的發言，我的心臟彷彿被用力握住一般。

偏偏在聊到祕密話題的這個時間點，而且還是這種口氣……！難、難道……被她看到了嗎？三姊妹的變態行為……！

「怎麼了嗎，天真大人？難道您與小姐們約會時，並不怎麼開心嗎？」

「約、約會……？哪、哪有！我超開心的啊！」

什、什麼嘛……原來只是隨口閒聊和三姊妹出遊的事啊。

真是的，害我真心著急了一下。為什麼要故意用那種會引人誤會的口氣講話啦……

總覺得讓愛佳小姐掌握話題的主導權，是件非常危險的事。她那九彎十八拐的說話方式，早晚會害我不小心自爆。這種時候，還是由我主動拋出話題方為上策……

「那、那個……在愛佳小姐眼中看來，覺得她們三姊妹怎麼樣呢？」

「咦……？」

「哎呀，就是……例如她們是什麼樣的女孩啦？我想多了解她們一點，所以能不能多告訴我一些關於她們的事？」

現在剛好只有我和愛佳小姐兩人獨處，所以我想趁現在好好詢問一下三姊妹的事，或許可以對往後的夫妻生活有所助益。

「我明白了。如果是這樣，我就告訴您吧。首先來說雪音小姐。」

愛佳小姐清了清喉嚨，開始娓娓道來：

「雪音小姐的優點，當然就是對誰都非常溫柔和善。在學校擔任學生會長的她，對身邊的每個人都非常關心，只要看到有人需要幫忙，一定會伸出援手。我過去服侍雪音小姐時，她對於只是侍女的我同樣相當體貼，不管料理、洗衣、打掃等各項家事，她都會一起幫忙。甚至在我生日時，還送了我親手織的圍巾，而且設計還十分可愛。居然可以做出那麼可愛的東西，雪音小姐果然很厲害呢。還有之前放學後，我們順道一起去鬆餅店時，她還把大顆的草莓分給我。那個真的好美味。另外前幾天也是──」

「等、等、等一下！妳岔題了，岔題了啦！妳似乎偏離話題非常遠喔！」

這完全就是愛佳小姐的回憶談嘛！關於雪音小姐的情報就只有「溫柔和善」這一點而已耶！

「這樣就夠了嗎？我還可以再講十分鐘左右喔……」

「類似這種感覺的內容嗎？真的假的？」

「那麼，接著是月乃小姐。首先必須特別提到的──」

「不……總覺得不用了……剛才聽得已經夠多了……」

一想到其他兩人的情報，也大概都是那種感覺的內容，還沒聽就覺得心好累……

「受不了……真虧妳可以說得那麼滔滔不絕耶……甚至就連雞毛蒜皮的小插曲也鉅細靡遺。」

「身為神宮寺家的女僕，這點小事只是理所當然的本領呀。」

愛佳小姐儘管面無表情，口氣仍聽得出她略帶自豪。

話說，我認為她有更應該要注意到的地方。雖然可以將三姊妹的事情說得如數家珍，卻完全不知道性癖的事……可見月乃她們除了我以外，都隱藏得很好嘛。

「不過我有點意外呢。愛佳小姐居然也會這麼興高采烈。」

「什麼……？」

「因為妳現在看上去非常開心喔？當妳聊起雪音小姐的事情時。」

剛才的愛佳小姐完全有別於平常，撲克臉上透露出一抹鮮明的感情。在三姊妹的面前時也是，她全心全意想要扮演好理想女僕的角色，這一定是因為她真的非常喜歡雪音小姐——喜歡她們三姊妹吧。這麼一想，我便突然對她有了好感。

「……我只是如實回答您的問題罷了。別再閒聊了，我們快回去吧！穿過這條路，很快就能返回別墅了。」

大概是因為害羞而感到尷尬吧，愛佳小姐歸心似箭地加快腳步。為了抄捷徑回去，她帶頭準備穿過草木叢生的山路。

「咦，要穿過這種地方嗎？太危險了，還是走原路回去比較好吧……」

「不會有問題的。而且再不趕快回去，天就要黑了。」

愛佳小姐無視我的制止，一個人大步地往前邁進。她撥開枝葉，走進樹叢裡。

「啊，等等我啦！」

我急忙追上她的腳步。由於四周草木太過茂密，總覺得一不小心就會跟丟。

「喂，等等，走這裡真的沒問題嗎？」

「別一直抱怨，安靜跟我走就對了。穿過這裡之後，前面就是別墅了。」

為了擔心走散，我緊緊跟在愛佳小姐的身後，一邊撥開枝葉，一邊走在樹叢中。由於兩人都是彎腰前進，愛佳小姐的屁股隔著女僕裝的裙子，在我的眼前不停地擺晃。居然敢穿著女僕裝踏進這種地方，只能說她實在太強了！

總之，必須盡可能別去看……

我這麼想，決定稍微將視線從她的屁股別開。

但就在我將視線別開前——「劈啪！」的物品破裂聲在我眼前迴響。

接著……

「愛、愛佳小姐……！那個，後面……！」

「咦……？」

我垂下視線對愛佳小姐說。

剛才的聲音……應該是她的女僕裝裙子被樹枝勾住，不知情的她又繼續往前走，導致裙子的裙襬受到拉扯，於是硬生生裂成破布了。

結果，破掉的裙子隨風翻飛，底下的美好風景一覽無遺。

她裡頭穿著非常成熟的黑色內褲。由於姿勢的關係，布料緊密地勒住屁股，白皙的肌膚與內褲形成強烈對比，替性感更為加分。

「——呀啊啊！」

經我提醒，愛佳小姐這才發現異狀，當場發出可愛的尖叫聲，同時連忙以雙手遮住屁股。

「太、太失態了……！失態失態失態失態——」

愛佳小姐似乎開始出現系統錯誤？而且突然念念有詞起來耶？

「那、那個……妳沒事吧？愛佳小姐……」

「……唔！」

之後，她全身僵止不動，只把頭轉過來望向我——眼神銳利地瞪著我。

「……您什麼也沒看見。我可以這樣理解對吧？」

「咦……？那、那個……」

她現在的表情完全有別於平時的她，通紅得彷彿隨時都會噴火似的。

「可・以・對・吧？」

「是、是的！我什麼也沒看見！」

我在判讀情勢之後，決定配合她的說法。
話說回來，總不能要我一整路一直盯著她的內褲前進。
結果我們還是離開樹叢，沿著正常的道路回到別墅。

※

雖然發生了一些小意外，我和愛佳小姐總算還是趕在天黑前，平安地回到小木屋。
接著五人同心協力完成前置作業後，便在院子開始舉辦ＢＢＱ派對。這段期間，三姊妹都沒有做出色色的行為，讓我度過一段快樂無比的時光。
等到吃完飯後，天色已然全黑。
「接下來要做什麼呢……」
收拾好後，我和大家一起坐在客廳裡偷閒，同時再把旅行計畫表拿出來看。
畢竟現在已經是晚上了，沒辦法去太遠的地方玩，但現在就去睡覺也還太早了。因此，我一邊瀏覽計畫表，一邊思考有沒有什麼事可以做。
此時，我留意到雪音小姐正打開自己的包包，似乎在準備什麼。
「雪音小姐，妳要去哪裡嗎？」

我如此問道，雪音小姐只是「嗯呵呵～」地雀躍一笑。

「其實這附近有座露天浴池喔，所以我想約大家一起去泡。」

聽到雪音小姐的話後，正在一起玩手機遊戲的月乃和花鈴立刻抬起頭。

「這麼說來，我們每次來都會去泡呢！」

「好久沒泡那座溫泉了！」

看來那裡對神宮寺姊妹來說，是每次必遊的地方。

「天真學弟也一起去吧？露天浴池非常舒服喔！」

露天浴池嗎……和變態三姊妹一起去泡露天浴池，絕對會發生什麼事吧，光想就覺得可怕。之前雪音小姐也曾強行用胸部替我刷背……

不過，我也好想去泡露天浴池，藉此好好洗滌一下被迫陪著她們三人發洩性慾的精神疲勞。

而且冷靜下來仔細想想，三姊妹互相都對彼此隱瞞性癖的事。如此一來，與姊妹們一起泡露天浴池時，應該不可能特地入侵男湯才對。

「……也好，我也一起去吧。我這就去準備，等我一下。」

再怎麼說，至少泡澡時可以好好放鬆一下吧。我作出結論後，便開始翻找包包，準備好沐浴用品。

「天真大人，您要和小姐們一起去露天浴池嗎？」

愛佳小姐站在我背後，悄聲對我說。

「說到泡澡，當然是全裸吧？」

「什……？」

「該不會天真大人……打算仔仔細細、從頭到腳觀察小姐們的身體吧……」

「並沒有，又不是男女混浴！」

她還是老樣子，面無表情地丟出驚人的發言。

「就算是工作，但再怎麼說，我也不能監視沐浴中的天真大人。這樣您就可以趁隙偷窺女湯了呢……」

「我才不會那麼做！所以別再用那麼可怕的眼神瞪著我了！」

「順道一提，露天浴池位在私人土地內，不會有其他人過來。因此，這對天真大人而言，可是個絕佳的大好機會……不過，萬一您真的敢圖謀不軌，我將會立刻稟報肇大人喔？」

「不，就說了我什麼也不會做啦……」

這傢伙對我的警戒心也高過頭了吧？真正危險的並不是我，而是那三姊妹耶……

我將愛佳小姐的忠告當成耳邊風，繼續準備沐浴用品。

※

露天浴池位在距離別墅徒步約十分鐘左右的地方。除了愛佳小姐以外的四個人，我們一起沿著山路步行前往。之後，一行人在脫衣室分別，男女各自行動。順道一提，愛佳小姐似乎得處理身為祕書的工作，因此這次才沒跟來，洗澡也在小木屋解決而已。

而我現在正以腰間圍著毛巾的模樣，伸手打開露天浴池的門。

「哦哦……」

眼前出現附有茅草屋簷的開放式溫泉。略呈白色的溫泉從岩石間源源不絕地湧出，四周瀰漫著氤氳的水蒸氣；皎潔的月光灑落在近在眼前的群山景致。

真是美不勝收的風景啊。光是一邊眺望這片景色，一邊徜徉在濃濃的溫泉水氣之間，就覺得疲勞彷彿全都一掃而空，所有煩惱也都拋到九霄雲外了……

心情十分平靜而安逸的我先是用溫泉淋溼身體後，便坐在備有的沐浴椅凳上，靜靜地開始洗刷身體。啊啊，真的好療癒。現在的我可說是心如止水。這座露天浴池的療癒效果，讓我感覺進入了無心的狀態。更重要的是，現在完全不必擔心會被變態襲擊。想不到光是能從好色姊妹的魔掌中解脫，心靈竟然就能變得如此輕鬆自在……！

現在就悠哉地享受短暫的和平時光吧。她們三人這時候一定也正在女湯欣賞著四周的優美風景吧——

「哇～！全是白濛濛的水蒸氣耶～」

「好久沒泡溫泉了，好期待喔！」

「等一下，花鈴！不要用跑的，很危險喔！」

——啥？

隨著開門聲同時傳來的話語聲。

轉頭一看，不同於我剛才進來時所走的門，另一扇門後出現三名非常眼熟的姊妹。

「…………咦？」

這裡是溫泉。是露天浴池。

走進來的三姊妹當然就像剛出生一般的姿態。

多虧有瀰漫得恰到好處的水蒸氣，才不至於看得一清二楚，但仍然可以知道站在那裡的三人，全都赤裸著胸部與屁股。一絲不掛的美麗裸體就暴露在水蒸氣的後方。

突然映入眼簾的衝擊畫面讓我完全停止思考。我的臉正對著三人的方向，嘴巴半張地僵在原地。

接著——

「哎呀……？」「啊……」「咦……！」

她們也發現到我了——

「「「呀————————————————！」」」

「唔哇————————————————————！」

在三姊妹的帶頭下，我也跟著發出悲鳴！

不過這到底是為什麼？為什麼她們會走進男湯？該不會是想要混浴吧？變態本性又發動了嗎？

不，如果真是這樣，那個反應也太奇怪了。月乃她們似乎也相當驚訝，實在不像是故意的。

而且仔細觀察，三個人尖叫出聲的樣子都不一樣。

月乃以雙手遮住身體，一臉害羞地原地蹲下；雪音小姐則是滿臉通紅，一副「哎呀呀～」的意外表情。唯有花鈴一個人神情顯得有些開心。

「為、為什麼你會在這裡啦，笨蛋————！」

「真拿你沒辦法呢～天真學弟。你就那麼想混浴嗎～？」

「天真學長，你是來偷窺的嗎？好色喔——！」

「不，才不是！我只是很正常地走進男湯！妳們三個才是有沒有看清楚啊？」

她們也在懷疑我是故意闖入女湯。而且花鈴！唯有妳最沒資格說我！其實妳正因為這個狀況而竊喜吧！

不過說真的，這究竟是怎麼回事……？為什麼我們會走進同一個地方……？

我們剛才確實是走進不同的脫衣室。因為有分男湯和女湯，照道理來說，不應該會在這裡碰到才對。

「……咦？這麼說來，隔間好像不見了耶。」

「咦……？」

經雪音小姐這麼一說，我也跟著環顧整間露天浴池。

的確……這間露天浴池並沒有隔間。從這裡的大小和構造來看，原本應該是將一座大浴池隔成兩邊使用吧，只是隔牆如今卻消失無蹤了。大概是因為太老舊或其他原因而拆掉了吧。

因此男湯和女湯才會連在一起，造成現在這個局面……

「喂喂喂，不會吧……太誇張了……」

這是什麼孔明陷阱啊？既然舊的拆掉了，就該補上新的吧……

「哇～！嚇了我一跳！真沒想到居然會變成混浴！」

「太幸運了！」——花鈴閃閃發光的眼神，彷彿正如此說著。這傢伙真的沒救了。

「可是，這樣的話實在有點害羞……啊，對了，用毛巾遮住吧。」

「啊，我也要！快圍上毛巾，毛巾……！」

另外兩人對於全裸示人果然還是感到很害羞，連忙用帶來的毛巾圍住胸部與腰部。花鈴雖然一臉遺憾，但為了不被發現自己是暴露狂，還是跟著姊姊們一起圍上毛巾。

只是她們的毛巾明顯太小，而且長度也不夠。

尤其是雪音小姐，由於胸部太大，毛巾根本擋不住。看起來相當柔軟且重量感十足的豐滿凶器將毛巾往上撐高，看上去就好像搭起帳棚似的。而花鈴露出的肚臍、腹肌與腰線同樣非常性感；至於以雙臂遮住身體的月乃儘管害羞，仍然逞強似的狠狠瞪著我，那副模樣同樣莫名地深具魅力。

三人都非常美麗，而且無比情色。比起全裸，以毛巾輕掩反而更能撩動想像，使性感度有增無減。

不、不行！不能看！我會變成變態的！

「話說回來，這下該怎麼辦？我可沒聽說要混浴喔！」

「啊……！」

對了，現在可不是看傻眼的時候，得趕快思考對策！

再這麼下去，已經可以預想到月乃發情，雪音小姐和花鈴失控暴走的各種危險性。

該怎麼跨越這場危機呢——

就在此時，花鈴開口說：

「不過，反正事情已成定局，也沒辦法嘛。大家一起泡澡吧！」

她絲毫沒有半點猶豫地大步朝我走來。

「唔、喂！笨蛋！別過來啦，花鈴！我怎麼可能和妳們一起泡澡！」

「咦～？可是就只有一座浴池呀？那就只能混浴了不是嗎？」

「不，絕對不行！那是百分之百會出局的選項！」

「唔嗯～我是覺得無所謂耶。」

不知什麼時候，雪音小姐也來到我身邊。

「只要換個角度想，這其實也算是新娘修行的一環呀？畢竟結婚後，難免會有機會和丈夫一起混浴，所以得趁早習慣才行嘛♪」

雪音小姐用非常爽朗的笑容說道。

話說這絕對只是她想混浴的藉口吧！儘管對於全裸示人很難為情，但混浴這件事倒是完全ＯＫ是嗎！

「我、我說啊！妳們是真的打算和天真一起泡澡嗎……？」

另一方面，至今依舊蹲在地上遮著身體的月乃，則是戰戰兢兢地詢問花鈴。

「當然啊！對花鈴來說，這可是修行呀！」

「沒錯、沒錯。月乃也差不多該學著習慣和男性相處才行喔？」

「唔唔……！可是……」

月乃是唯一試圖反對混浴的人，無奈完全辯不過其他兩人。對她來說，正因為自己有發情癖，混浴這種事根本想都不用想；但又不能向姊妹們坦白，想必現在很困擾吧。

不過現在這個狀況對我來說，同樣超級困擾的！一起泡澡是絕對不被允許的行為，重點是會讓人害羞得很想死啊！光是現在這個瞬間，我就已經心臟狂跳到快要往生了！

只是從雪音小姐她們那副模樣來看，不管我再怎麼反對，也只是徒勞無功吧。最後她們還是會以「新娘修行」之名，強迫我接受。

這下也只能作好覺悟了……

既然如此，最合理的作法就是趕快泡完湯，趕快出去。與其繼續鬼打牆般地作無謂的爭論，這才是最快的辦法。

我這麼一想，便立馬開始清洗身體。

「話說回來，這裡真的好漂亮喔～久久來一次，還是好感動。」

「唔哇！」

有著任性豐滿軀體的雪音小姐在我右手邊的淋浴臺坐下。傲人的巨乳在眼前擺晃，圍著的毛巾彷彿隨時都會掉下來。

「天、天真……！要是你敢偷看，我真的會殺了你喔……！呼……呼……」

另一方面，月乃拚命地壓抑發情慾望，形狀姣好的翹臀坐在與我相隔一段距離的淋浴臺。

在近乎全裸的狀態下，與男性共處一室。這種情況下還能忍住不發情，果然是因為姊妹們就在旁邊吧。儘管氣息顯得紊亂，月乃似乎仍努力強忍著。

「可以和學長裸裎相對，一定能加深兩人的情誼吧！」

花鈴同樣在我隔壁坐下。我被花鈴與雪音小姐左右包夾在中間。

花鈴一邊準備沐浴用品，一邊悄悄以眼角餘光打量我。接著——

「啊哈……☆」

她將原本圍在胸部的毛巾移了一下位置。

「啥……！」

她小心避開我以外的其他人的視線，悄悄將胸部露給我看。胸部的上圍部分露了出來，粉紅色的小櫻桃也若隱若現。

我望向花鈴的臉龐，她則用視線對我示意：

『如何，學長？花鈴的小咪咪挑戰？』

『喂，笨蛋！妳在做什麼？快把胸部遮好，會被發現的！』

『放心啦～我當然有抓好角度囉，不會穿幫的！所以學長就儘管看吧☆』

這、這傢伙……！她是打算一邊留意不被我以外的人發現，一邊滿足性慾嗎？這個變態，想法未免也積極過頭了！

「吶，天真學弟，我來替你刷背吧？」

「咦……？」

此時雪音小姐帶著別具深意的笑容看著我。接著她緩緩站起身，繞到我的背後。總覺得……這個場面好熟悉。

我升起一股不祥的預感，回過頭望向她。

『主人，讓我悄悄地侍奉您吧♪要對其他兩人保密喔？』

果然！果然連妳也是！

雪音小姐大概是打算在替我刷背的過程中，重演上次用胸部服務我的場面吧。該誇讚她們真不虧是姊妹嗎？雪音小姐和花鈴居然都在想同樣的事！

『當著大家的面，神不知鬼不覺地露出胸部，真的讓人好興奮喔……☆』

『天真學弟，我的胸部很舒服吧？不過，不可以發出聲音喔？』

不行了。要是繼續被這兩個人牽著鼻子走，事情恐怕會一發不可收拾。

可惡……這兩個大變態！就不能稍微忘掉性慾嗎？

不過，別以為我會像平時一樣乖乖任憑處置！偶爾也讓我反抗一下吧！

我下定決心後，將沐浴乳倒在掌心，接著開始搓揉起泡，製造出大量的綿密泡沫。

之後將那一大坨泡泡——扔向花鈴的胸部。

「喝！」

「呀啊——！」

花鈴頓時發出一道驚叫。她低頭盯著自己的胸部。

「怎、怎麼會……！胸部覆滿泡泡了……！」

大量的泡沫將花鈴小巧玲瓏的胸部遮得密密實實。如此一來就能阻止她裸露了！

接下來，我以迅雷不及掩耳的速度繞到雪音小姐的背後。

「雪音小姐，妳的毛巾快掉囉？」

「咦……？呀啊唔咕！」

我抓起雪音小姐圍住胸部的毛巾，用力、緊緊地重新綁好。毛巾當場化作繃帶，將她的巨乳封印起來。這種狀態下，她就再也無法用胸部服侍我了！

「怎、怎麼會……！我的胸部變小了……！」

很好，這下就解決了兩個人的變態行為！趁現在趕快洗好澡吧！要是繼續被變態包夾下去，不知道還會發生什麼事。

我立刻將身體沖洗乾淨，逃也似的奔向浴池。

「啊……不過，這麼緊也挺興奮的呢……」

雪音小姐最後的低語，我決定假裝沒聽見。

※

「……呼～～終於平靜下來了……」

我將全身泡進略燙的熱水裡，感覺疲勞正緩緩地溶解消失。雖然今天一整天發生了許多事，但唯有現在這一瞬間，可以讓我忘卻一切。我縮在露天浴池的最角落，一邊享受溫泉的療癒，一邊欣賞大自然的夜景。

「天、天、天真和我正泡著同一池溫泉……呼……呼……」

另一側的月乃似乎正在強忍著什麼……！

大概是洗好身體了吧，月乃正坐在與我相隔一段距離的位置，滿臉通紅地泡著澡。

也是啦，如果是她的話，光是和我泡在同一個浴池裡，就足以讓她感到興奮……所以平常在家時，月乃一定都會比我早泡澡……

這下可容不得我悠悠哉哉地慢慢泡澡了。再繼續和月乃泡在同一池溫泉裡，她遲早會發情，必須在那之前趕快出去。

正當我這麼想，準備起身離開浴池時——

「天真學弟，我們一起泡吧～」

「也讓花鈴加入嘛！」

——然而，我被截斷了去路。

「說到蜜月旅行，當然就是混浴的露天浴池了嘛～」

「天真學長一定也覺得賺到了吧？可以和這麼可愛的女孩子們一起泡澡。」

雪音小姐和花鈴再度從左右兩側包夾我。而且不知道為什麼，她們兩人都伸手挽住我的手臂。

「呃，那個……妳們兩個？我已經準備要出去了耶……」

「咦～？再一起多泡一下嘛！你不是也才剛下水而已嗎？」

「就是嘛～要確實暖和身體，等一下才不會感冒喔？」

唔……這下一時半刻是出不去了……是說現在這種狀況讓人害羞得快要抓狂耶……

不，不行！不能再繼續被她們牽著鼻子走了！總之來背誦圓周率，努力保持冷靜。

3．141592653589793238462643383279502884197

7169399375105820974944592307816406286620
899862803482534211706798214808651328230
66470938446095——

「咦？月乃，妳在做什麼？」

「呼噫！」

雪音小姐出聲向坐在遠處的月乃搭話。

「月乃也過來這邊嘛？和天真學弟好好扮演夫妻吧～」

「就是呀～這也是新娘修行，月乃姊也要和學長好好相處才行！」

「嗚嗚嗚……話是沒錯啦……！」

總覺得月乃好像快哭出來了！應該是那個吧。因為害怕會發情，所以不想靠近我，但繼續堅持下去，又怕姊妹們會起疑，不知道該怎麼辦才好的表情。

「沒必要感到害羞呀～？不過是一起泡澡，每對夫妻都會做的。」

「我反而希望妳可以有多一點羞恥心……」

現在可不是吐槽的時候。我再不快點出去，恐怕會演變成發情的事態。同時也是為了月乃好，我必須儘快脫身才行。

就在我這麼想時——

「……～～唔！」

月乃一臉下定決心的表情，接著在溫泉裡邁開步伐，朝著我的方向走過來。

「月乃……！妳真的要過來這邊嗎！」

「因、因為……沒辦法呀……畢竟這也是新娘修行嘛……！」

濡溼的金髮閃耀著光澤，她慢慢地往我逼近。

「再說……你們那樣看來，就好像只有我一個人被排擠在外！總覺得很火大！」

說完，月乃來到相當靠近我的地方，然後她與我保持著勉強不會發情的距離，一起加入我們的圈子。

「呼……呼……呼……呼……！我才不會……發情呢……！」

喂、喂……這傢伙真的沒事吧？感覺她似乎超逞強的耶。

話說回來，雖然我很想趕快出去，但現在的氣氛實在讓人很難出去。再不快點脫身，這群變態很可能又會暴走……

然而，對於我的苦心一無所知的雪音小姐，此時慢條斯理地開口說：

「呵呵，這下大家都聚在一起了呢～果然還是要全員到齊才有趣。」

她用著打從心底樂在其中的口氣說道，接著轉頭望向我。

「天真學弟，這次真的很謝謝你陪我們一起來。」

「咦？」

為什麼突然向我道謝？我不明所以地當場愣住。

「這趟旅行之所以能玩得這麼開心，都是多虧有天真學弟同行呀。我真的很高興可以和天真學弟一起旅行喔。」

雪音小姐眺望著遠方的景色，一臉感動地說道。

「而且，這個別墅區是我們從小到大來過無數次的重要地方。如今多虧了天真學弟，又增加了一個快樂的回憶。真的很謝謝你。」

「不……我又沒做什麼值得妳道謝的事……」

我只不過是遵照肇先生的指示，陪她們過來罷了。

「這麼說來……以前說到家族旅行，幾乎都會來這裡呢。」

「花鈴也是每年都很期待和大家一起來這裡！」

看來對三姊妹而言，這裡似乎是固定的旅行地點。月乃和花鈴大概也是因為感到懷念，而顯得有些激昂。

「真希望以後也能再像這樣一起旅行呢～」

「嗯！長大之後，大家一定還要再一起來這裡喔！」

「我也好想再來玩喔。」

她們和樂融融地相視而笑。感受到她們三人的姊妹情深，就連我的心底也不由得溫暖起來。

真希望她們的感情可以永遠那麼要好……我懷抱著滿心的感動，環顧她們的臉龐。

『下次再和天真學長混浴時，就能合法露出花鈴的裸體了……☆』

『和大家一起享受旅行的同時，也希望能好好侍奉天真學弟～』

『到時如果天真也一起，我一定要克制自己不能襲擊他……哈啊哈啊……』

唔哇，流露出來了，都流露出來了！妳們的慾望全都從眼神流露出來了！尤其是花鈴和雪音小姐，妳們的不良居心根本毫無遮掩嘛！把我的感動還給我！

「吶，天真學弟！天真學弟還會再陪我們一起來吧？」

「啊，嗯……聽起來真不錯……」

我壓抑著想要拒絕的衝動，勉強擠出一句模稜兩可的回答。

之後，我趕在三姊妹暴走之前，逃離了露天浴池。

※

「天真大人，露天浴池還舒服嗎？」

大家一起回到別墅後，愛佳小姐這麼問我。

她似乎剛從小木屋附設的浴室洗好澡出來。平時總是梳到後方紮起來的頭髮，如今則是放了下來，看上去十分飄逸而美麗，從她的頭上還冒出陣陣的水蒸氣。

此外，桌上還堆著一大疊應該是愛佳小姐的文件，看得出來她剛才應該在工作。而且那些文件一看就很難，由此可知能夠處理這些文件的愛佳小姐，想必非常聰明。

「從各方面來說，真的快累慘了……」

我筋疲力竭地靠在客廳的沙發上，有氣無力地回應她。順道一提，其他三人已經先回寢室了。

「您看起來莫名地疲憊呢？該不會……剛才和小姐們混浴了吧？」

「唔……！想、想也知道不可能嘛！」

除了女僕的工作以外，這個人果然異常敏銳！要是不小心鬆懈，很有可能會因此露出馬腳。

不過，愛佳小姐應該萬萬也沒想到，露天浴池的隔間會壞掉吧。總之先矢口否認，再隨便敷衍過去，如此一來，她應該也不會繼續追問了吧。

「唉……總覺得好睏……」

時間已經不早了，再加上今天發生了好多事，真的快累死了。明天同樣得一邊替三姊妹隱瞞性癖，一邊繼續這趟旅行，可以的話，真希望能徹底消除今天的疲勞。

「想就寢的話，我已經替您在另一間房間鋪好床了，請跟我來。」

「啊，是嗎？麻煩妳了。」

愛佳小姐挺有女僕架勢地替我帶路前往寢室。我一路跟在她的後面走，最後來到小木屋二樓的一間大房間。在她的示意下，我打開房門。

下一瞬間，我頓時噤聲。

「嗚嗚……我再也不要一起泡澡了……」

「月乃剛才似乎太過緊張了～？」

「只不過是一起泡澡嘛，沒必要那麼害羞吧～」

待在房間裡的人，是泡完澡有些暈眩的月乃，以及拿著團扇替她搧風的花鈴與雪音小姐。

更重要的是，她們全都穿著浴衣。

雪音小姐身上穿著一件美麗的大紅色浴衣，上頭還有翩翩飛舞的蝴蝶圖案。月乃則是穿著繪有牽牛花圖案，與她的金髮十分相襯的水藍色浴衣。至於花鈴的浴衣則是以粉紅色為底，再點綴上櫻花圖案，看起來十分可愛。浴衣腰帶上打著大大的蝴蝶結，更加襯托出她們的女人味。

老實說，她們這樣真的非常有魅力。無論是雪音小姐撐靠在腰帶上，更加突顯出存在感的胸部；或是倒臥的月乃，從敞開的浴衣下襬露出的大腿；抑或是花鈴因為浴衣太大件，而裸露出來的線條分明的鎖骨。

那副姿態十分性感，完全有別於平時令人遺憾的變態模樣，讓人再次意識到她們的確是不折不扣的美少女。就在不知不覺間，我完全被她們的美貌吸引住目光。

「…………喂，我說你啊，幹麼僵在那裡？」

「咦？啊，沒有……沒什麼……」

畢竟又不能老實說：「因為太美了，一時不小心看呆了。」於是我若無其事地別開視線。

此時，我注意到一件事。那就是這間房間裡並排著四床棉被。

咦……？為什麼？我的寢室裡怎麼會有這麼多床棉被呢……？

我心中有了底，望向愛佳小姐。

「非常遺憾……天真大人必須和小姐們一起就寢。」

「為什麼？未免也太突然了吧？」

「這是雪音小姐的堅持。作為新娘修行的一環，希望能趁著這個機會，事先累積與男性同房共寢的經驗。」

愛佳小姐如此說明，同時看向雪音小姐。

「天真學弟，今晚是第一次的共寢之夜呢……」

她呵呵地輕笑，臉上還掛著妖豔的笑意，很明顯非常享受這個狀況。

「說到新婚之夜，真讓人緊張呢……學長，請多多指教喔♪」

「絕、絕對不准做出奇怪的事喔……！」

另外兩人事到如今似乎也無力反對了。花鈴甚至還一臉期待。

的確啦，如果是真的蜜月旅行，夫妻當然會一起睡了……！

可是，我們再怎麼說都絕對不行吧！畢竟只是假想夫妻啊！

「是說這種事……要是肇先生知道了，一定會發飆吧？」

「剛才我打電話向肇大人請示，他回覆：『如果有助於我寶貝女兒們的修行，只要不是睡在同一張床鋪上，這次我就破例答應。』同時，肇大人也殺氣騰騰地附帶說：『要是敢對我的寶貝女兒們出手，我會把你的左腦和右腦顛倒過來！』」

不會吧？雇主居然同意了……是說懲罰內容也太凶殘了吧！

「既然如此，我也很想一起留在這裡監視天真大人……但無奈的是，這間房間實在睡不下五個人。所以，我會睡在隔壁的房間，要是天真大人意圖不軌的話，小姐們隨時都可以呼叫我。」

「不，我才不會意圖不軌！話說既然那麼不放心，就別讓我們睡同一間房間啦！」

「那麼，請各位好好休息吧。」

「喂，等一下！真的必須和她們一起睡嗎？」

愛佳小姐完全不理會我的問題，逕自走出房間。

※

愛佳小姐離開後不久。

我們關掉電燈，分別躺進各自的墊被裡。順道一提，睡覺的位置由左至右依序為月乃、花鈴、我，以及雪音小姐。

「感覺好像校外教學喔。很少有機會能像這樣和大家睡在一起。」

「就是啊～我也因為太開心了，現在睡意全消了呢！」

「而且還有天真學長一起睡。和男生睡在同一間房間，真的讓人好緊張喔！」

「拜託妳們，大可以當作我不存在……」

實在作夢也沒想到，居然會真的睡在同一間房……

這種情況下，我當然也一樣非常緊張。真希望可以趕快入睡……

「呵呵，機會難得，天真學弟要不要也加入我們一起聊天？例如校外教學必聊的戀愛話題？」

「戀、戀愛話題嗎……？」

女孩子果然都很喜歡這類話題吧……？

「啊，說到戀愛話題。月乃姊前陣子不是被告白了嗎？我記得好像是在體育館後面對吧？」

「咦咦？為什麼花鈴會知道？」

「哇～！月乃還是一樣受歡迎呢～！不過，妳沒有答應交往吧？」

「當然了！我根本就不認識對方！話說，妳們別光說我，雪姊還不是一樣又收到情書了？我上個星期全看到了喔？」

「啊！才、才不是妳想的那樣……我完全沒有那個意思，所以已經婉拒了……」

從三姊妹的語氣聽起來，她們至今已經不知道打槍多少男生了。明明就是變態，居然還敢那麼囂張。

不過，畢竟沒人知道她們的本性，會受歡迎也是當然的……

「真好，只有姊姊們被告白。花鈴也好想像姊姊們一樣受歡迎喔……」

「不，花鈴已經夠受歡迎了啦。我們班上也有不少妳的粉絲喔？」

「可是花鈴從來沒有被告白過呀？不像姊姊妳們……」

花鈴鼓脹著雙頰，扭啊扭地鑽進被窩裡。喂，她好像鬧起脾氣來了。

「吶，天真學弟呢？你都沒有這類經驗嗎？別害羞了，快點說來聽聽嘛～」

雪音小姐一臉雀躍地追問我。

「有沒有暗戀的人？還是說，你有正在交往的對象？」

「呃，不……才沒有。」

「也是，你怎麼看都不像是有女人緣的樣子，在學校也是光顧著讀書。我的朋友都認為你是個『超無趣的傢伙』呢。」

「不用妳多管閒事！少管我！」

咦？我給人的印象是這樣的嗎？算了，反正也無所謂。我才懶得管。

「咦……？不過，學長真的一次也沒有被告白過嗎？例如收到情書之類的……」

花鈴猛然從被窩裡鑽出頭來開口問道。

「情書……？一封也沒收到過。欠款的催繳單倒是有啦。」

「這、這樣啊……沒有嗎……」

花鈴似乎一臉難以釋懷的表情。是不是想到什麼往事？

「總之，我沒有任何值得拿來說嘴的事啦。是說真的差不多該睡了喔？為了明天也能盡情地大玩特玩，得充分休息才行——」

正當我準備結束話題時——

我放在枕頭邊的手機突然響起來電鈴聲。

「……嗯？這麼晚了會是誰打的……？」

我打開燈，拿起手機。畫面上顯示的名字是……葵？

「喂……？是我……」

『啊，哥哥！你總算接電話了！』

按下通話鍵的瞬間，葵的聲音從聽筒傳遍四周。

『吶，哥哥！你現在在幹麼？工作還是很忙嗎？』

「不，還好……剛準備要睡了……話說回來，妳怎麼突然打電話來？而且還是這個時間……」

『因為哥哥完全沒消沒息嘛！之前明明說好了會常常打電話回家……』

「啊……」

這麼說來，我一心只想著愛佳小姐的視察，打電話的事往後推延了。原本打算等旅行結束後再打電話回家，可能真的讓葵等太久了吧……

「抱、抱歉……不過我可不是忘記了喔？所以原諒我吧，葵。」

明明只是電話，我還是低下頭道歉。

此時，一旁傳來月乃她們的聲音……

「葵……？誰啊……？」

「從名字聽起來，應該是女生吧……？」

「而且聲音也很像是女生……難道……！」

等一下……從她們剛才一連串的對話聽來，莫非以為葵是我的女朋友……？

『人家才沒在生氣！就算哥哥根本不把葵放在心上，葵也絲毫不以為意啦……！』

「不，我怎麼可能那麼想？全世界對我而言最重視的人就是妳喔。」

就在我說出這一句話的瞬間——

三姊妹同時發出殺雞般的尖叫聲：「「「呀————！」」」

「妳、妳們有聽到剛才的話嗎？全世界最重視的人耶……！」

「天真學弟果然有女朋友了——！」

「剛才根本就是在騙我們嘛！天真學長是個大騙子——！」

「啊——真是夠了，別亂猜啦！她才不是女朋友！」

我把電話移開，切換成視訊通話，接著向陷入混亂的三姊妹介紹我最可愛的葵。

「葵是我妹妹！所以妳們不要再鬧了！」

「咦……？」「啥……？」「妹妹……？」

三姊妹再度驚訝地瞪大眼睛。

既然知道不是女朋友而是妹妹，她們也就沒有理由再胡鬧了吧。總之這下應該可以安靜下來了才對──

「哇～！學長的妹妹耶！我早就想和妹妹聊聊天了！」

「天真居然有妹妹？是說長得超級可愛的！」

「好棒喔、好棒喔！是怎麼樣的孩子呢？真讓人好奇呢～」

──這麼想的我實在太天真了。

這下子反而又引起她們的興趣。剛才的騷動再次重演。

『哥、哥哥……？你身邊的那些女生是誰……？』

葵應該也看到我這邊的情況了吧。對於初次見到的三姊妹，葵的表情顯得很困惑。

看這情況，最好在事情變得更複雜之前掛掉電話比較好。

「抱歉，葵。今天就先這樣吧。我明天早上再打給妳──」

「學長！掛斷之前先讓我講一下嘛！」

「──啊，喂！」

花鈴從我手上搶走手機。

「喂——學長的妹妹嗎？電話換人接聽囉！妳好，我叫做神宮寺花鈴！」

『咦、咦……？神宮寺……？那不是哥哥工作地點的——』

「是的，沒錯！剛才聽學長說，妳叫做葵沒錯吧？往後請多多指教喔！對了，葵今年幾歲啊？」

『呃，那個……十三歲，國二。』

「那麼就是小花鈴兩歲囉！不介意的話，請告訴我妳的興趣吧～！」

花鈴非常友善地向葵搭話。看她們聊得那麼開心，很難想像兩人是第一次對話。

就連一開始有些困惑的葵，與花鈴聊著聊著，很快便卸下了心防，一下子就和花鈴成為了朋友。

「下次來我們家玩吧！我和姊姊們等妳來喔！」

『咦，真的嗎……？我也可以過去嗎？』

「當然了！隨時歡迎妳來！」

『只要去妳們家，就可以見到哥哥了……？』

「是的！學長一定也會很高興喔！」

『太好了！謝謝妳，花鈴姊姊！最喜歡妳了！』

「哇嗚……！」

聽見葵發自內心的真摯謝意，花鈴緊緊地揪住胸口。

「天、天真學長！這孩子是怎樣？未免也太可愛了！」

「喔，對吧！我的妹妹簡直是天使！」

葵不僅外表，就連個性都可愛得不得了，是我最驕傲的妹妹！平時總是備受吹捧的花鈴，同樣立刻拜倒在葵的魅力之下。

是說葵居然會那麼坦率地對花鈴說出「最喜歡妳了」。平常也跟我說一下嘛……

「吶，花鈴！接下來換我講了！」

「啊，不行～！我也想跟葵講話～！」

看來她們似乎都被葵迷得團團轉。喂，如何啊？妳們三個。葵真的超可愛的吧？她可是我妹妹喔！

不過，再這麼下去根本沒完沒了。我看她們似乎聊得差不多了，便趁機從花鈴手中搶回手機。

「啊！天真學長，再讓我們多聊一下嘛——」

我推開花鈴，對葵說道：

「就是這樣……之後我會再打電話給妳，到時再好好聊吧。葵也要好好保重喔！」

『咦，要掛了嗎？我都還沒有和哥哥好好講到話耶？』

「今天已經很晚了，過幾天我會再打給妳。再見囉。」

趁手機再度被月乃她們搶走之前，我急忙掛斷了電話。

「呼……」

「喂喂，天真！你怎麼掛掉了？我也想和葵通話耶！」

「我也很期待呢～」

月乃和雪音小姐一臉遺憾地抗議。

不過這也沒辦法。要是葵真的受邀來神宮寺家玩，我也會很困擾。

萬一葵發現了三姊妹的性癖，事情恐怕會一發不可收拾……

「要講電話的話，就下次有機會再讓妳們慢慢講吧。總之今天該睡了，否則明天會起不來喔？」

我對雪音小姐她們如此叨念後，再次關掉電燈。

※

和葵講完電話後。

三姊妹們又繼續聊了一會兒，不久後總算安靜下來。夜晚的寧靜籠罩著房間，只聽見三姊妹沉穩的睡息，以及風兒撩動樹葉的窸窣聲響。我傾耳聆聽著，意識也漸漸開始融入黑暗之中……

軟彈！

「…………嗯？」

一道不知名的柔軟觸感，將我墜落的意識拉了回來。

應該是翻身時，臉去撞到什麼東西了吧。未知的觸感，逼得我緩緩睜開惺忪睡眼。

睜眼一看，眼前出現一個特大號的哈密瓜！總覺得非常眼熟的巨乳……

「呵呵！天真學弟，好乖、好乖——」

雪音小姐鑽進我的被窩，輕撫著我的頭。

「哇——！」

我嚇得當場睡意全消。想要大叫出聲時，雪音小姐的食指輕輕抵在我的嘴唇上。

「不行喔～？會吵醒大家的。」

她還裝可愛地低斥了我一聲：「壞壞！」然後她收回食指。

「為、為什麼……？妳怎麼會在我的被窩裡……？」

我小心翼翼地避免吵醒其他兩個人，低聲詢問雪音小姐。

「這也是新娘修行呀？和男性同床共寢的事前預習。」

「不，這絕對越線了！睡同一間房已經是極限了——」

「再說了，守護主人的安眠，也是身為奴隸的義務呀？所以了，請讓我陪您一起睡覺吧♪」

嗯，這大概才是她真正的心聲吧。不，這很顯然才是她真正的目的。雪音小姐又把她的奴隸願望套到我身上了！

不過，能不能真心拜託她饒了我啊？這個情況要是被肇先生知道了，我的左腦和右腦就要搬風啦！

「聽說男生只要有胸部，就能安心入睡喔？所以，您可以儘管看無妨喔？」

「妳是從哪裡聽來這種事情的？是說妳不要拉開浴衣前襟啦——！」

雪音小姐震撼力十足的乳溝頓時呈現在眼前。因為要睡了，所以她沒穿內衣。美麗的雙峰毫無遮掩、一覽無遺。一看就知道十分柔軟、豐彈的渾圓球體，有一半以上裸露在外，就連乳頭也是若隱若現。

她雙手併用地大大搖晃那對巨乳。她的胸部不停揚起一陣陣柔軟波濤，幾乎快要湧出浴衣。

「來嘛～別客氣。胸部，胸部♪」

「不用，這樣只會更睡不著啦！拜託妳住手！會長針眼耶！」

「不然，這樣應該就睡得著了吧？超越膝枕的乳枕～」

「唔哦！」

雪音小姐扶著我的後腦，讓我的頭靠向她的胸部。柔軟且彈性適中的巨乳，將我的頭包覆其間。老實說，這樣真的超舒服的！可是——！

「就說了不行啦！妳什麼事都不必做！拜託妳讓我一個人正常地睡覺就好！」

「可是，主人，我想要侍奉您嘛！不然我的身體會隱隱作疼……哈啊哈啊……」

唔……這傢伙現在似乎非常亢奮。如果沒有即早處理，很可能會吵醒其他兩個人。最糟的情況，搞不好還會引愛佳小姐過來查看……

「……我知道了。那麼我就好好滿足妳吧！」

關於應付雪音小姐的辦法，我算是略有心得。我解開她身上的浴衣腰帶，接著順勢用力一拉。

「啊嗯！主人？怎麼突然玩起代官PLAY了？」

腰帶完全脫離她的身體，浴衣當場鬆了開來，帶點慵懶風情。她那巨大的美乳也幾乎呼之欲出。

不過，我的目的並非如此。我用那條腰帶緊緊捆住雪音小姐的身體，先是封住雙手、雙腳，接著再摀住雙眼，將她全身牢牢捆緊。

「好了。這下滿足了吧？」

我將這個狀態下的雪音小姐趕回她的被窩之中。然後……

「啊啊嗯……！我被主人……我被主人綁起來了……哈啊哈啊……我就要被侵犯了！我就要被主人粗暴對待了！」

這麼一來，不但可以滿足她的被虐慾望，同時還能封住她的行動。我無視她的呻吟，逕自鑽回自己的被窩。想當然耳，我才不會對她施暴咧。

「咦……？不理我嗎……？不過放置ＰＬＡＹ也好刺激啊……！」

不久之後，雪音小姐大概也睡著了吧。我背過她閉上眼睛。

※

……

……窸窣窸窣。

……窸窣窸窣窸窣窸窣。

過了一會兒。正當我沉入夢鄉後不久，忽然感覺到有什麼東西鑽進被窩。

「……」

雪音小姐又鑽進來了嗎……？我明明已經用腰帶綁住她了才對呀……

「我說雪音小姐，別再鬧了啦，妳自己一個人——」

「啊哈☆學長的被窩好舒服喔！」

我正打算回頭警告時，出現在眼前的居然是半裸的花鈴。

「因為好冷，所以我就醒來了。請學長溫暖花鈴的身體吧♪」

「既然這樣，就先給我穿好衣服啦！」

我忍不住在被窩裡大喊。

躺在我被窩裡的花鈴，故意拉開浴衣。前襟完全敞開，肩膀也裸露在外。而且裡頭什麼都沒穿，小巧玲瓏的可愛胸部一絲不掛地暴露在視線之中。下半身同樣正對著我的方向，但好險有垂下的腰帶勉強擋住。

「妳啊……！就算很冷也不能鑽進男人的被窩吧！」

「因為蜜月旅行當然就該睡在同一張床鋪才對嘛？就讓我們裸裎相見吧……☆」

「那是指真正的夫妻吧！我們終究只是預演而已！」

「就算是預演，逼真度還是很重要呀！就是這樣，學長！再多看看我嘛……☆好好看著花鈴色色的地方吧……？」

說完，花鈴將單腳往上抬，私處隨之露了出來——

「唔哇啊，笨蛋！我絕對不會看的！算我求妳了，快回自己的被窩啦！」

「啊，對了。乾脆天真學長也脫光光吧！一起全裸才公平！」

「這是什麼邪惡的念頭！我死都不會脫的！」

這個可惡的暴露狂，該怎麼樣才能讓她安分一點呢……？

「嗯……嗯……」

「「唔！」」

就在此時，月乃的方向傳來聲音。因為我們的胡鬧聲，似乎差點吵醒她了。

「喂，拜託妳快點回去啦！會被月乃發現妳的性癖喔！」

「沒辦法了……今天我就乖乖睡覺吧！」

即使是花鈴，果然還是會擔心性癖曝光，於是她二話不說便回到自己的被窩。

……她們姊妹是怎麼回事，居然接連夜襲我？

總之，這下花鈴也回到自己的床鋪了，我再度闔上眼睛。

※

……不行，完全睡不著。

因為剛才被吵醒了兩次，結果現在怎麼樣也睡不著……雖然雪音小姐和花鈴都已經入睡了，但我的睡意全被她們趕跑了。

「…………吶，天真，你還醒著嗎？」

這時候，月乃突然出聲叫我。

「月乃……？妳都沒睡嗎……？」

「唔嗯……剛剛醒來……總覺得有點吵……」

果然是剛才花鈴來找我時，不小心吵醒她了。

「……那個，天真，如果你也還沒睡，能不能陪我一下……？」

「咦？喔，是可以啦。」

她是有什麼話想找我談嗎……？反正也睡不著，稍微陪她一下也無妨……

「那麼，容我打擾一下……」

「咦？」

話一說完，月乃便離開自己的被窩，鑽進我的被窩裡。

「喂，等等等等等！這是幹麼，妳是怎樣？」

這群傢伙到底是怎樣，居然全都往我的被窩裡鑽！現在是什麼情況？多起同步色情攻擊嗎？

「因、因為沒辦法嘛！畢竟這也是修行呀！」

「不，新娘修行沒必要做到這一步啦——」

「這只是理由之一！另外也是為了矯正發情癖的修行……」

為了矯正發情癖……？是類似我白天採取的作法嗎？

「最近我的性癖似乎愈來愈惡化了……所以，我才想設法改善……」

「啥？惡化了……？」

「總覺得最近只要一靠近你，或是一碰到你的東西，我就會變得比以前更容易發情……而且程度也愈來愈誇張。有時甚至遲遲無法平息發情症狀，連我自己都覺得太過火了……今天也是，難得天真為我想了那麼多對策，結果我還是失控了……」

的確，纜車上的那次發情實在太危險了。

「不過有嗎……？有像妳說的惡化得那麼嚴重嗎？之前在派對上，妳和諒太一起跳舞時，不就完全沒問題嗎？如果真的惡化了，那麼當時應該也會發情才對吧……」

「可是，對象是你的話，就是會比以前發情得更加嚴重嘛！而且是在派對之後才開始的！」

只有對我會比以前發情得更嚴重？這該不會是……難道——

「——月乃，妳是不是喜歡上我了？」

「啥？笨、笨蛋！絕對不可能啦！白痴——！」

我半開玩笑地說完後，她絲毫不留情面地一口否定。沒必要講得那麼絕嘛？

可是……如果不是的話，我就完全想不到原因了。縱使我再天才也毫無頭緒。

「總之！為了克服發情癖，我要和你一起睡，逼自己習慣你！不然再這麼下去，萬一明天也發情的話，說不定會給你添麻煩……」

「唔……！」

這的確是個令人頭大的問題。若是發情時正好被愛佳小姐撞見，那麼我百分之兩百會被開除。

「我、我知道了……既然如此，就來特訓吧！」

「嗯……那麼，我要進去囉……」

月乃掀起我的被子，緩緩躺到我身邊。身穿浴衣的她，現在就躺在我眼前。

「…………！」

老實說，這對我的殺傷力實在太強了！身穿浴衣、幾乎毫無防備的女孩子和我躺在同一個被窩裡。要不是我的話，換成其他男生早就發情了吧？

「喂……還好嗎？可以保持不發情嗎？」

「唔，嗯……現在還沒問題……」

看來只要事前作好心理準備，似乎就能忍耐到某個程度。儘管月乃現在滿臉通紅，但並沒有失去自我。

「話說接下來要怎麼辦……？總不能就這麼睡在這裡吧……？」

「再、再讓我特訓一下下……？再一下下，我就會馬上出去……」

大概是怕對上視線會很尷尬吧，月乃直直地看著前方。被她影響的我，也是緊盯著反方向。

好一會兒的時間，兩人只是沉默不語。彼此沒有任何交談，任由時光分秒流逝。

……糟糕，好尷尬。尷尬得好想死。這段時間是怎樣？再這麼下去，想睡也不能睡……既然沒有發情的跡象，就拜託趕快回去啦！

正當我這麼想時，月乃冷不防地開口說：

「……吶，天真。那個時候，真的很謝謝你……」

「咦……？」

「就是派對的時候，你不是救了我，還安慰我嗎……？」

派對的時候……是指月乃當時在眾人面前發情，我設法替她解圍的那件事嗎？

「事到如今，或許有點晚了……但因為那時候沒能好好向你道謝……」

「不用客氣啦，小事一樁。畢竟守護妳們，也是身為臨時夫婿的工作呀。」

絕對要守住三姊妹的祕密，更重要的是，一定要好好珍惜她們。這正是臨時夫婿的義務。

「所以妳不必跟我道謝。我反而希望妳平時也能像現在一樣，別跟我客氣，多依賴我一點。」

「…………嗯，我明白了。我會多依賴你的……」

月乃這麼說完，又再度陷入沉默。她靜靜躺著一動也不動，看起來也沒有任何的不對勁。

照這樣看來，她應該不會發情了吧。

「喂，月乃，既然沒問題的話，差不多該回去自己的被窩——」

「鼾……鼾……」

……咦，不會吧？睡著了？在這種情況下？

這傢伙意外地脫線耶……平時那麼努力迴避與男生接觸，現在居然在我的被窩裡睡著了。不過今天有一部分的原因，大概也是因為玩得太累了吧……

「真拿她沒辦法……嘿咻！」

我小心翼翼在不吵醒其他人的情況下，將月乃抱回她的被窩。

之後，我聽著三姊妹的睡息，再度沉入夢鄉。

第三章　喜歡粉紅色漫畫嗎？

「嗯……嗯～～唔……」

昏暗的房間裡，我悠然轉醒。

看了一眼放在枕頭邊的手機，現在時間才凌晨十二點多。看來我根本沒怎麼睡到。可能是剛才遭到夜襲的關係吧，我居然夢見在露天浴池被三姊妹襲擊的惡夢……

「……唉，起來喝杯水吧。」

我突然覺得有點渴，於是鑽出被窩站起身。接著輕手輕腳地避免吵醒其他人，安靜地走出房間前往一樓。

「……嗯？」

快到客廳時，我發現門縫透出亮光。怎麼回事……？是誰還沒睡嗎？

我滿心疑惑地緩緩走近，接著我悄然無聲地打開門，窺探客廳裡的情況。

「嗯嗯嗯……啊哈啊唔！這一幕實在太讓人興奮了……！」

花鈴正一絲不掛地全裸畫著色情漫畫。

「……………………」

怎麼說呢，總覺得已經不會再因為全裸這點程度而大驚小怪的自己好悲哀。甚至還覺得要是她正常穿上衣服，反而才更讓人驚訝。

「啊，學長！你醒啦？」

花鈴注意到我之後，完全不遮不掩地回過頭。妳的羞恥心是飛到海外去旅行了嗎？我將摺好放在一旁沙發上的毯子披在花鈴身上，同時開口詢問：

「喂，花鈴，妳在做什麼……」

「嘿嘿嘿。因為是難得的旅行嘛，卻沒什麼機會讓學長看見我的裸體，有點慾火難耐，結果睡到一半就醒來了。為了發洩慾火，才想說來畫色情漫畫。」

這怎麼聽都不像是女孩子會說出口的臺詞吧？

「就算是這樣……為什麼要全裸畫畫？根本沒必要脫衣服吧？」

「當然有必要了！這樣創作靈感才能源源不絕呀！」

老實說我絲毫無法理解她的用意，不過既然本人都那麼說了，大概真的有差吧……

「唉……總之，妳還是早點睡吧，不然明天會起不來喔。」

「再等我一下下就好了！我無論如何都想至少先畫完這一幕！就是白天在河邊的暴露場面！」

花鈴邊說邊埋頭專心地描繪全裸的女孩。

「多虧有學長陪我一起蒐集資料，應該可以畫出不錯的場面喔！這個ＰＬＡＹ實在太令人興奮了！哈啊哈啊……！」

一臉春心蕩漾的花鈴有如行雲流水般地疾筆揮毫。

「不過啦……雖然說是出於興趣，但真虧妳可以努力到這一步呢。妳的熱情著實令我敬佩喔。」

「因為我真的超開心的嘛！居然有這麼多人喜歡我的作品……」

花鈴放下筆，以平時不曾有過的認真表情看著我。

「和姊姊們比起來，花鈴可以說是什麼也不會……對料理一竅不通，也稱不上特別受歡迎，而且還是個變態……根本一無長處。過去有段時間，我曾經為此煩惱不已。」

這些事以前也曾聽花鈴吐露過。由於她的上面有兩個相當優秀的姊姊，讓她感到非常自卑。

「那時候，我偶然將為了發洩暴露慾望所畫的色情漫畫上傳到網路上……結果大家讀完後都很高興！紛紛留言：『又色又可愛！』『敲碗續篇！』『閱讀續篇就是我的生存意義！』雖然和姊姊們相比，花鈴只是個什麼也不會的沒用女孩，但即使如此，自己還是有能夠發揮的舞臺……那時候，我真的非常開心。」

對於花鈴而言，那或許是她首次獲得別人肯定的轉捩點。對於因為身為三姊妹的老么，從小便常常被拿來和姊姊們比較的花鈴而言……

「雖然我當時的煩惱根源是我的好色性癖，不過我那時才第一次知道能藉此讓大家感到開心。所以為了回報大家，我想要帶給大家更多歡樂，讓大家都能從中獲得快感。我想要畫出最棒的作品，成為大家生存的動力。這就是花鈴的夢想！」

是嗎……花鈴之所以會畫色情漫畫，不光只是作為性慾的宣洩管道啊。

她遠比我想像中更加認真地看待色情漫畫。她的每個行動都是立足於夢想之上，全心全意地努力不懈。

看來我對花鈴的認識，這下必須重新改觀了。我原本只是為了幫她發洩性慾，進而替她矯正性癖，才會配合她的好色行為；不過如今我的心態不能再僅限於此，而是必須懷抱更重要的意義。

「為了這道夢想，花鈴一定要在連假結束前，畫出最棒的漫畫！可是……」

「可是……？」

「老實說，有一部分的橋段卡關了……雖然很想再多畫一個充滿刺激感的暴露行為，偏偏就是毫無靈感……」

花鈴交叉雙臂，苦惱不已地嘀咕。光看這副模樣，她倒是很有大手作家的架勢。

「天真學長！你有沒有什麼好點子？可以畫成漫畫的刺激裸露橋段！」
「咦？妳怎麼會問我啊？」
「因為學長之前不就幫花鈴裝了魔術鏡嗎？這次有沒有和之前一樣，充滿刺激感的PLAY呢？」
「呃，突然要我想，也太強人所難了……」
雖說如此，我畢竟才剛聽到花鈴對於色情漫畫秉持的熱情，身為花鈴的臨時夫婿，實在很想回應她的心意。
「真拿妳沒辦法……等我一下喔。」
我伸手拿來自己放在客廳的包包，從裡頭取出一本書。那是我專用的旅行計畫表。接著我翻開其中一頁。
那一頁正是——為了對付變態所準備的性癖發洩方法。
「為了應付這種時候，我有事先想好幾個方法。」

※

為了讓花鈴進行暴露行為，我帶她來到露天浴池。這裡的話，就不必擔心會被別人撞見，而且就倫理來說，在這裡全裸也不會有問題。

進到露天浴池的淋浴處後，花鈴二話不說就脫光衣服，在我旁邊露出裸體。

不過，她並不只是單純地一絲不掛。

「呼啊……花鈴的身體在發光……羞羞臉的地方正在發光……！」

沒錯。花鈴赤裸的身體正發出光芒。

她從脖子以下的全身——包括纖細的四肢、可愛的小肚肚、沒有一絲贅肉的柳腰，尤其是小巧的胸部與屁股，都綻放出鮮明的黃色光芒。

我這次選擇的是深夜限定的暴露PLAY。使用發光顏料的PLAY。

這是將顏料塗抹在花鈴的全身上下，讓她在黑暗中發出光芒的暴露羞恥PLAY。顏料發出眩目的亮光，讓花鈴毫無遮掩的私處，在漆黑的夜色中更加顯眼。

這是我為了可以隨時應付花鈴她們向我索求變態行為，而事先想好的眾多PLAY之一。至於那個顏料，則是我過去從事與特殊化妝有關的打工時拿到的。當初覺得或許哪天會用到，所以要了一些回家，現在想想真是明智之舉——我為何需要為了這種蠢事思考得這麼認真呢……？

「好棒喔……花鈴的全身都在發光……屁股好像螢火蟲喔……！」

不過不枉我絞盡腦汁思考，看得出來她非常開心。她上下打量自己發光的裸體，翻湧而來的快感讓她不禁全身發顫。

「胸部也是光芒萬丈，讓人好害羞……看我的乳頭光線！」

花鈴作勢捏住自己的乳頭，同時大聲喊出超級羞恥的臺詞。我默默將視線從她身上移開。

「對面山上如果有人在的話……即使相距這麼遙遠，也還是可以看見花鈴的胸部吧……？啊啊，搞不好衛星照片也能拍到呢！」

這裡姑且還是有茅草屋頂的地方，所以應該拍不到啦。

「呼哈！呼哈……！學長也多看看花鈴吧！被人盯著看，真的好舒爽啊！請讓花鈴更舒爽一點吧！」

「呃，不了……！那實在有點過火……」

雖說是為了幫她蒐集畫漫畫的資料和發洩性慾，但要我緊盯不放，總覺得還是很不應該。

「請學長用雙眼盡情侵犯花鈴的一切吧！用你的眼睛大肆對花鈴做色色的事吧！」

然而，完全進入亢奮模式的花鈴已經停不下來，她在我面前露出光輝耀眼的裸體。

就在此時——

她的樣子驀然驟變。

「咦，奇怪……？」

直到剛才的一瞬間為止，她原本還是一臉恍惚的神情；如今臉上卻寫滿若有所思的困惑。她看著自己的身體——

「總、總覺得……好癢喔……」

「咦……？」

「好、好癢！胸部和屁股好癢喔！」

花鈴突然大喊起來，並不停抓著自己的身體。

咦，為什麼……？該不會是因為塗抹顏料的關係？她的皮膚對顏料過敏嗎？

花鈴痛苦難耐地不斷掙扎，雙手拚命抓著發光的身體。尤其是屁股和胸部更是抓個不停，可見這兩個部位特別嚴重。

「學、學長！拜託你！快點幫我卸掉顏料吧！」

「我、我知道了！妳等我一下！」

我急急忙忙回到脫衣室，拿來事先準備好的毛巾。接著將毛巾用熱水沾溼，開始擦拭花鈴的身體。首先從她纖瘦的屁股擦起。

「抱歉了，花鈴！我要碰妳喔！」

「啊，噫噫！」

即使隔著毛巾，但觸碰女孩子的身體，而且還是非常重要的部位，還是不免會有罪惡感，因此我有所顧慮地放輕力道擦拭。有如搔癢般一下、一下地輕撫她的屁股。

然而卻毫無效果。顏料意外頑強地緊緊巴住她的肌膚，怎麼樣也卸不掉。

「唔……我擦用力一點喔！」

無可奈何之下，我只好卯起來用力擦。透過手掌可以感受到無比柔軟的彈力，花鈴可愛的屁股不停地上下擺晃。

「啊！啊！怎麼可以硬擦啦……！呼啊啊啊嗯！」

雖然如此，又不能就此停手。要是花鈴的皮膚腫起來就糟了。

「啊嗯，不行！不可以摸屁股——！」

「很好！顏料漸漸卸掉囉！」

「嗯噫啊啊啊啊啊！」

最後一擦後，屁股蛋的顏料便全部卸乾淨了；接著，則是要卸胸部上塗滿的顏料。

「好，接下來我要摸這裡囉！」

「噫呀哇！」

我正對花鈴的身體，將毛巾抵在她的小巧胸部上，然後與剛才一樣加重力道擦拭。

首先是右邊的胸部！

「學、學長！太用力了！要是那麼用力擦的話……！噫啊嗯！」

上上下下，左左右右，用力地擦拭胸部。她的胸部小歸小，卻出乎意料地柔軟。用力按壓時，傳回的軟嫩觸感別有一番情色的感覺。

「學長……！嗯啊啊！不行，不可以！胸部……胸部變得好奇怪……！」

很好，單邊胸部卸完了。再來換左邊胸部！

「嗯噫啊啊！啊、啊、啊——啊———唔！」

再差一點，顏料就能全部卸掉了！我邊這麼想，邊開始動手擦拭她的左胸。

正當我擦到一半時，明明應該柔軟無比的胸部，唯有一處傳來堅硬的觸感……就在胸部的正中央，有個硬硬圓圓的不明物體，觸感就類似小顆的豆子。

說不定是顏料乾掉後結塊了。如果真是如此，就必須趕快弄掉才行！

一想到這裡，我便開始集中擦拭那個堅硬的部位。我加快動作，同時加重力道。

「嗚啊啊啊啊啊啊啊啊！啊，嗯啊！那裡不行噫噫噫噫噫！」

「抱、抱歉！很痛嗎？」

「不會痛，可是……！不……不行了……！胸部好像不再是自己的——！」

從她的反應看來，果然還是會痛吧。不過，應該再一下就能擦乾淨了！

我最後又再加把勁，更加奮力地擦拭她胸前的那點硬塊。

「看我的噢噢噢噢噢噢噢噢！」

「啊、噫啊啊啊啊啊啊啊啊啊啊啊嗯——！」

就在擦完的瞬間，花鈴發出無與倫比的嬌喘聲。她的聲音響徹黑暗的夜色之中。

與此同時，花鈴的身體不知為何抽搐般地輕顫起來，並當場跪倒在地。

而她的表情顯得莫名地滿足。

※

「太、太厲害了！靈感源源不絕地湧現啊啊啊啊！」

大聲歡呼的花鈴，火力全開地於原稿上描繪全裸的少女。在露天浴池發洩完暴露慾望後，回到別墅的花鈴重新投入原稿作業。受到剛才暴露ＰＬＡＹ的啟發，她的創作靈感洶湧奔騰而來。順道一提，現在的她同樣是一絲不掛，只有用毯子蓋著身軀。

「呼噢噢噢噢噢噢！天真學長果然太厲害了！讓花鈴感受到滿滿的悸動！謝謝你！我最喜歡學長了！」

「哈哈……能聽到妳這麼說，我還真是感動……」

我忍不住露出苦笑。不過可以幫上她的忙，我還是很開心啦……

「話說回來，妳還打算繼續畫嗎？時間已經很晚囉？」
「是的！我想趁著真實的激情快感還沒褪去之前，趕快完成原稿！」
花鈴笑容滿面地回答，握筆的手也沒有停下動作。那股熱情實在太驚人了。
「啊，學長先去睡吧。不然明天會起不來喔？」
「沒關係……我也來幫忙吧。我就好人做到底。」
聽到她對色情漫畫投注的心意之後，我實在無法袖手旁觀。
「兩個人一起動手，應該就能在天亮之前完成吧？雖然我不知道妳現在的進度狀況如何了。」
「真、真的嗎……？你真的願意幫忙花鈴嗎……？」
「啊，不過必須是我能力所及的事喔。」
我點頭答應後，花鈴頓時雙眼一亮。
「謝、謝謝學長！我真的太開心了！ＴＥＮＧＡ學長！」
「哎呀，我果然有點睏了，還是去睡覺吧。」
「騙你的，開玩笑的啦，對不起嘛！」
花鈴一邊道歉，一邊把原稿和墨水遞給我。
「那麼請學長幫我把這裡的人物頭髮塗黑吧？這應該輕而易舉吧……」

「啊，我知道了。沒問題！」

玩笑話就先擺一邊，我接過工具後，立刻開始進行作業。

我依照花鈴的指示逐一替人物的頭髮上色，完成之後，接著換到下一頁，又再重複同樣的作業。就這麼一頁畫過一頁的過程中，漫畫的內容也自然而然地傳進我的腦海。

「喔……這篇漫畫是以這處別墅作為舞臺創作的啊？」

漫畫裡不僅出現了剛才的露天浴池，就連大玩暴露ＰＬＡＹ的場所，都與這一帶的河邊與山林有著異曲同工之妙，很明顯就是花鈴本身的實際體驗談。

「沒錯。因為這是蘊含了我滿滿回憶的作品！」

花鈴用力握緊手中的筆如此說道。

「其實這裡正是花鈴走上暴露狂之道的原點。」

「咦……？」

「花鈴和姊姊們過去每年都會來這個別墅喔。然後幾年前來到這裡時……當時正好是花鈴對姊姊們感到自卑，而煩惱不已的時期……就在我心靈最脆弱的時候，我去了那座露天浴池泡澡，第一次體驗到在戶外裸露的解放感與性快感。那就是花鈴開始暴露的起點。」

換句話說，花鈴的變態性癖就是在這裡覺醒的嗎……平時累積的壓力愈是沉重，在露天浴池感受到的解放感，便愈能轉換成強烈的快感吧。

「從那之後，我就常常會在別墅附近，躲起來大玩暴露ＰＬＡＹ……包括那座露天浴池，還有白天去玩的溪流，以及漫畫裡出現的所有場所，對花鈴而言全都是非常重要的地方。所以，難得久違地再次來到這裡，我才想說把自己最喜歡的地方，當成漫畫題材。讓大家透過漫畫，看到花鈴在最喜歡的地方盡情暴露。」

「是、是嗎……」

該怎麼說呢……從語調聽來，明明是非常勵志的故事，但內容實在無比糟糕。

「那麼，總之……必須努力完成漫畫才行。」

「是！我會全力以赴的！」

花鈴強而有力地堅定說完後，露出一抹微笑。

看著她的笑容……看著她努力的身影，我也不禁打從心底為她加油。雖然又是暴露狂，又是色情漫畫，有太多超乎常理的離奇部分；儘管如此，花鈴是真心真意投注一切努力。無論如何，都希望她能順利完成漫畫並取得成功——就連我也不禁這麼想。

為此，我也必須更加努力地幫助她才行——

「好，我這邊的作業大致上都完成了！還有其他需要幫忙的嗎？」

「好快！學長的作業速度未免也太快了！甚至比花鈴還要迅速耶！」

「因為以前打工時，我曾當過漫畫家的助手。我想應該比門外漢快吧……」

「學長真是空有一身高超技能呢……」

和為了暴露而特地學習人體彩繪的某人相比，我還差一大截就是了。

「其他還有什麼要幫忙的嗎？只要我能力所及，什麼事都可以喔？」

「我想想喔……啊，既然這樣！」

花鈴綻開滿面笑容對我說：

「讓我看你的小〇雞吧☆」

「為啥啊！」

遠遠超乎預料的要求。

「為什麼要我脫啊，簡直太莫名其妙了！這明明是女孩子全裸的漫畫吧！」

「因為花鈴現在正在畫的這一幕，是在描述一對暴露狂男女在街上閒晃時，剛好巧遇的場面。」

「這是什麼情況啊？也太亂來了吧！」

「所以我想要男生裸體的參考資料！事情就是這樣，請你全裸吧！」

「白痴才會脫啦！給我正常一點的工作啦！」

再怎麼說，要我在女孩子面前全裸，絕對免談。於是我斷然拒絕，改幫忙她畫畫背景之類的其他作業。

直到天亮之前，我們兩人一直努力不懈地埋頭畫著漫畫。

順道一提，之後我有把稍早前用來擊退月乃的個人半裸寫真集，當作參考資料拿給花鈴；不過被她以「看不到小○雞就算了」為由拒收。結果只是害我更加丟臉而已。

※

在窗外灑入的陽光喚醒下，我睜開沉重的眼皮。

「唔……好睏……」

醒來之後，我發現自己正在寢室裡。我記得昨天……一直幫花鈴畫漫畫，畫到快天亮的樣子……

我環顧四周，其他的被窩裡都已經空空如也。就連昨天一起趕稿的花鈴，似乎也已經起床了。我看了一眼時鐘，發現已經快要中午了。昨晚果然熬夜熬太晚了……

不過這下糟了！虧我事前都已經想好行程，要是再磨蹭下去，行程就全泡湯了！今天說什麼都一定要矯正她們三人的性癖！

我急急忙忙換下睡衣，離開寢室去找其他人。大家現在應該是在客廳才對。我這麼想，便快步跑下樓梯。

果然被我料中了。我一進到客廳，三姊妹們全都齊聚一堂。我立刻出聲向她們三人打招呼。

「喲，大家早──」

正當要開口時，我突然發現到異狀。大家的氣氛似乎不太對勁。

只見三姊妹圍著桌子而坐，但不知道為什麼，每個人的情緒看起來都十分低落。尤其是花鈴，更是一臉鐵青。

「呃，喂……怎麼了？」

我忍不住開口叫了一下花鈴。隨即就看到她泫然欲泣地望向我：「學、學長……」

咦，是怎樣……？發生什麼事了……？我還是第一次看到花鈴露出這種神情……？

就在我還沒搞清楚狀況時，月乃開口問我：

「吶，天真……你知道這個嗎？」

她指了指放在桌上的紙。那是花鈴昨天畫的色情漫畫原稿。封面是一對全裸相擁的男女正在交歡的繪圖。

「我們一早起床後，就看到這個放在桌上……」

「咦咦咦？」

喂、喂……！這個怎麼會被月乃她們看到啊！我記得昨天確實是和花鈴一起在這張桌子上作業，不過最後應該都有收好才對。

——不，等等。負責收拾的是花鈴。那時候的花鈴確實也已經累得筋疲力竭了。所以她很有可能是抵擋不了疲勞與睡意，結果原稿沒收就去睡覺了……

「哇……果然是色情書刊……內容非常激烈呢……」

雪音小姐隨手拿起原稿，開始翻閱內容。雖然漫畫還沒有完成，但已經差不多能看出劇情發展了。至少已經足以表達，這本漫畫是在描寫一名女孩以暴露為樂的故事。

「這、這是什麼……？實在太糟糕了……」

月乃也湊到旁邊偷瞄幾眼，接著趁著發情癖發作前早早退開。

兩人看完後全都羞紅了臉，害羞得不敢直視。但臉色比她們更加通紅的則是——

「嗚嗚嗚……嗚嗚嗚……」

她、她現在非常羞恥！花鈴即使全裸示人也毫不在意，現在卻羞恥得不得了！被家人發現色情漫畫，似乎對她的精神造成嚴重衝擊，而且那還是她本人畫的。

不過現在可不是盯著花鈴看的時候！

再這樣下去，花鈴正是這個糟糕繪圖作者一事，就會曝光了！必須在事態演變成那一步前，設法結束這本漫畫的話題——

「大家怎麼了嗎……？在吵些什麼呢？」

呀———！最棘手的傢伙出現了———！

「愛、愛佳小姐……？其實是這個……」

「這個……？」

月乃將花鈴的原稿遞給愛佳小姐。愛佳小姐接過後，緊緊盯著那張封面。

「這究竟是什麼？」

愛佳小姐問道，臉上流露出的反感顯而易見。

以一般大眾的眼光來看，色情書刊確實算是不良讀物吧。這種東西居然被最珍視的小姐們看到，她會如此生氣也是可想而知。不過她的態度，卻也讓花鈴更加害怕。只見她低著頭，完全不敢看愛佳小姐。

「那麼，這究竟是誰的東西呢？看起來應該是自己畫的漫畫。」

愛佳小姐立刻逼近問題核心。也是啦，這確實才是重點。

當然了，說什麼也不能被人知道這是花鈴的。萬一被揭穿，那麼她的性癖必然也會隨之曝光。如此一來，恐怕會對她造成一輩子都無法抹滅的心靈創傷吧。

到時候，我也無法再與她繼續扮演臨時夫妻。無論如何，都必須隱瞞到底！

「這棟別墅現在就只有我們在，也沒有外人來訪。也就是說，這一定是我們當中某人的物品吧？好了，究竟是誰畫的？是誰畫出這種特殊性癖的漫畫？」

愛佳小姐眼神銳利地睨視在場的眾人，並且再一次追問。

不、不妙……看來她不追查出犯人，是不會罷休的。此時如果不先下手為強，之後絕對會被逼入絕境。想要順利蒙混過關，就只能趁現在了！

「對、對不起！這是我的！」

「「「咦！」」」

我豁出去地舉手大聲自首。

眾人的視線全都集中在我身上。比起輕蔑的意味，視線中更多帶著吃驚。

「其、其實……我有個朋友在畫這種漫畫……然後，他希望我能給他一點意見。所以我就打算趁著連假時，替他看一下內容，結果昨天在這裡讀完後，似乎忘記收起來了。真的很不好意思喔。啊哈哈哈……」

雖然自己也知道這個藉口很牽強，但現在就只能想到這個了……！

「是嗎……所以並不是您本人有著與漫畫一樣的特殊性癖，並將這種性癖畫出來的，是嗎……？」

「是、是的……基本上，那並不是我……」

「原來如此……狀況我大致理解了。」

愛佳小姐將原稿塞進我懷裡。

「不過，您身為小姐們的臨時夫婿，光是持有這種不適當的作品，原本來說就是非常嚴重的問題。萬一這種東西對小姐們帶來不良的影響，您要怎麼負責？如此變態的作品，明顯並不適合神宮寺家的千金小姐。對吧？小姐們。」

「唔、嗯……！愛佳說得一點都沒錯～！我才不會做出像這本漫畫一樣羞恥的事情呢～啊哈哈……」

「就、就是啊！是說我們才不會看這種東西呢！」

她們兩人焦急的口氣，聽起來就像是在掩飾些什麼。

「…………！」

另一方面的花鈴，在聽到月乃和雪音小姐的話後，肩頭不由得小幅度輕顫起來。那個反應細微到除了我以外，沒有人注意到。

之後愛佳小姐又接著斥責我：

「我終究只是監視人，並不想插嘴您的事……不過，請您今後別再把這種猥褻物帶進神宮寺家。這都是為了小姐們好。」

「我、我知道了……對不起……」

由於她的口氣十分嚴厲，我也不由得畏縮起來。

不過這下就能守住花鈴的祕密了。她應該也能稍微安心一點了吧。

「…………」

然而花鈴的表情卻始終顯得悶悶不樂。

※

「喂，花鈴！等一下！」

事情結束後，花鈴踩著有氣無力的步伐走出客廳，我追上去，並在走廊上叫住她。

她停下腳步，緩緩回過頭。

「……咦？」

「拿去，趁現在先還妳。」

我一邊留意周圍的視線，同時將色情漫畫的原稿遞給她。

「啊，對不起。我忘記了……」

忘記了……？

昨天那麼滿腔熱情畫出來的原稿，居然忘記了……？

「喂，花鈴，妳沒事吧？已經不必擔心了，應該成功瞞過愛佳小姐她們了。」

我的藉口順利過關後，目前應該不會有人發現這其實是花鈴畫的才對。她根本沒必要這麼沮喪吧……

「是的……謝謝學長幫花鈴掩護……」

她的臉色與昨天相比，明顯毫無生氣。

花鈴停頓了一會兒後開口說：

「……果然很奇怪吧，居然會畫這種色情漫畫……」

「花鈴……？」

她的語氣非常陰沉，簡直不像是花鈴。

「姊姊們不是也說了嗎？『才不會看這種漫畫。』『居然會看這種東西，太奇怪了。』……換句話說，樂在其中地畫著這種漫畫的我，一定更加奇怪吧……」

原來如此……花鈴之所以如此沮喪，並不是因為性癖差點曝光；而是自己的性癖遭到否定……被人硬生生貼上奇怪的負面標籤，深深刺傷了她。

而且還是被她最喜歡的兩位姊姊，讓她一直感到自卑的姊姊們。

「不、不是啦……！剛才那些話只是隨口附和一下罷了。」

從她們兩人剛才的態度看來，那些話大概是基於想要隱瞞自己變態本性的心理，才臨時脫口而出的；並不代表她們是真的那樣看待色情漫畫。更重要的是，她們兩人同樣都是變態。事到如今，區區的色情漫畫才嚇不倒她們。

只是這些事，花鈴當然不可能知道……

「就算真的是你說的那樣……但是畫色情漫畫的女孩子，會被投以異樣眼光也是當然的嘛……」

花鈴這傢伙……過去從來不曾看她如此消極。

至今為止的花鈴，無論是在畫色情漫畫，或是玩暴露PLAY時，想必早就對於世人的眼光有所覺悟了才對。然而，她現在之所以會重新檢討自己，而且變得這麼消沉，恐怕是因為雪音小姐她們的發言，對她造成嚴重的打擊了吧。

「花鈴當然也很清楚，畫色情漫畫的女孩子確實很奇怪。這樣子根本一輩子都追不上姊姊她們……啊哈哈……」

花鈴露出自虐般無精打采的笑容。

「花鈴果然……不能一直這樣下去吧。總有一天，勢必得有所改變才行……花鈴是暴露狂的事曝光後，絕對會生不如死。光是現在的花鈴，各方面就已經不如姊姊她們了……如果性癖又穿幫的話，一定會更加悲慘……」

她邊說邊將頭壓得不能再低。

認識花鈴至今，第一次看到她這樣。所以我實在不知道該跟她說些什麼，又該如何鼓勵她。

即使如此，為了稍微替她打打氣，我還是決定硬著頭皮開口；然而此時——

「……好！我決定了！」

她驟然改變神色，再次恢復平時的笑容。

「花鈴再也不當暴露狂！而且也不會再畫色情漫畫了！」

「啥……？」

一瞬間，我完全沒有意會過來她在說什麼。花鈴說……她再也不當暴露狂了……？

「那、那些話……是認真的嗎……？花鈴……！」

「當然囉！反正早晚都得和這種不入流的興趣一刀兩斷。而且色情漫畫就算畫了，也不能對學長以外的其他人說出口。即使真的出書了，姊姊她們也不可能稱讚我。這一點也很讓人喪氣哩～」

花鈴笑著說道。她的這道決心對我來說，當然是再開心不過的了。如此一來，就成功矯正三姊妹其中一人的變態性癖了。而且這還不是我強迫她，而是她自己主動下定決心。這是我求之不得的最佳結果。

只是總覺得她的笑容與聲音，似乎有些虛假……

「學長，至今為止給你添了不少麻煩。往後也請你繼續和花鈴扮演臨時夫妻，兩人好好相處吧。當然了，禁止色色的事！」

「啊，喔……當然沒問題……」

不過，既然花鈴已經下定決心，我也不方便再多說什麼。

我只是默默地點點頭。

※

由於我太晚起床，只好改成中午過後再出門玩。我在客廳準備行李，順便整理儀容。至於三姊妹應該是在其他房間換衣服，簡單上點淡妝。

我一邊準備，一邊思考花鈴的事。

「那傢伙……真的不再當暴露狂了嗎……？」

花鈴能夠下定決心不再當暴露狂，當然是無庸置疑的好事。然而，為什麼我無法對於她的決定，打從心底感到欣慰呢？

大概是因為昨天才從花鈴口中，聽到了她對於色情漫畫投注的熱切心意吧。放棄了暴露與畫色情漫畫，勢必也就意味著捨棄了她所懷抱的夢想。因此，我才會感到無比惋惜而難以釋懷。

若是她能因此獲得幸福，我當然覺得這樣也無妨。然而，她下定決心不再當暴露狂時的那抹笑容，看起來似乎是在逞強。

至少可以確定的是，若不是因為色情漫畫被發現，她是絕對不可能從暴露狂畢業的。而且昨天之前的她，總覺得遠比現在幸福多了。

「所以到底為什麼會把那本漫畫忘在客廳啦……？」

我再次回想昨天的事，果然還是無法想像花鈴居然會忘了收起來。而且我明明記得有瞄到她把原稿放進包包才對。

不過，漫畫擺在桌上也是事實。根據那個狀況來推想，最容易且最先能想到的理由，就是花鈴一時疏忽……

……嗯？

我將剛才發生的事情重新倒帶一次，驀然注意到一道微小的異樣感。

這麼說來……愛佳小姐剛才是不是說了什麼奇怪的話？

「…………」

雖然只是小事，卻讓我怎麼也無法釋懷。如果不弄清楚，心裡會一直有個疙瘩。

等回過神時，我的身體已經早一步採取行動。我走出客廳往二樓移動，最後在愛佳小姐一個人住的房間前停下腳步。她現在應該是在房間裡梳妝打扮吧。

為了找她談談，我對著房內出聲叫喚，同時敲了敲房門。

「抱歉，打擾了。愛佳小姐在嗎？」

「——唔！該不會是天真先生……？」

愛佳小姐的聲音隔著房門傳了出來，聽起來有些不自然地上揚。可能是因為我突然敲門，嚇到她了吧？

「是的。我有點事想與妳談談，出門前可以撥點時間給我嗎？」

「什……！請您稍候片刻。我準備一下，馬上就好。」

大概是正好換衣服換到一半吧，愛佳小姐像是繞口令似的快速答道。

如果是這樣，她當然不可能讓我進去了。於是我站在門前，等著愛佳小姐出來。

忽然，房內傳來一聲「咚嘎鏘——！」的巨響。

「咦……？」

剛才那是什麼聲音……？裡頭發生什麼事了？

「那、那個……愛佳小姐？哈囉……？」

我邊敲門邊呼叫她。隨後……

「什、什麼事也沒有！所以請您老實地待在那呀啊啊啊啊！」

「嘎鏘——！」的轟天巨響再次傳來。喂喂喂！妳這樣真的沒問題嗎？

這個聲響與悲鳴聲……倘若她發生什麼事情就不好了，我還是得開個門確認才行。

「恕我失禮了，愛佳小姐！我要開門囉！」

我毅然決然打開房門，放眼掃視房內的景象。

只見房間地板上，衣服和垃圾袋等物品亂七八糟地散落一地，而愛佳小姐則是整個人跌坐在地，身上的女僕裝只穿到一半。

「…………」「…………」

房間……也太亂了。

兩人不發一語地相互對望，沉默之間，我非常單純地浮現這個感想。

根據剛才的巨響和房間的慘況來推測，愛佳小姐大概是在換衣服時，不小心踩到什麼而滑了一跤，於是一屁股跌坐在地吧。

當下的她頭上頂著一條成熟嫵媚的內褲，肩膀上還掛著一件胸罩。應該是剛才跌坐在地上時，順勢勾到附近散落的物品吧。

「聽、聽我說……這是那個……」

感受到我半是傻眼半是疑惑的視線，愛佳小姐慌慌張張地把掛在身上的內褲和胸罩藏起來，整張臉紅到快熟透了。

「只是稍微一個不小心，就亂成這樣了……」

「就說了這絕對不是稍微的程度啦！」

再怎麼說，這實在也亂過頭了！明明昨天才剛來旅行而已，為什麼就能弄得這麼亂？這些行李究竟是從哪變出來的？

所以說，剛才她會那麼驚慌失措，大概是不想讓我看見她的房間吧……？

「我也是有打算收拾的喔。只是等我回過神時，東西就自動愈變愈多……」

愛佳小姐嘟嘟嚷嚷地碎唸著莫名其妙的藉口。這個人老家的房間大概也是凌亂成這幅慘況吧……

「總、總之！天真大人也知道，我就是不擅長所有家事。所以，這可以說是莫可奈何的事。天真大人就別在意了。」

最後居然乾脆攤牌，連裝都懶得裝。她重新穿好女僕裝，立刻恢復到平時的模式。

「那麼，與昨天相同，今天我也會繼續視察各位的生活。請多多指教了。」

「啊，好……是嗎……」

她的態度轉換之快，我差點就要跟不上了。

不過，既然她還要繼續視察，就表示她姑且還沒有對我完全失望吧。老實說，當我胡謅說那本漫畫是我的時，還以為真的完蛋了……

不，現在沒空去管這些事了。

比起這個，我必須儘快問到應該詢問的事情。我就是為此才來到她房間的。

「那個，愛佳小姐……可以問妳一件事嗎？我想參考一下妳的意見。」

「無妨。請問是什麼事呢？」

「關於剛才那本漫畫，在妳看來覺得如何呢？請告訴我妳的感想。」

我話才問完，愛佳小姐便立刻露出十分露骨的厭惡表情。

「……為什麼要問我？是性騷擾嗎？是性騷擾吧？我會告您喔。」

「不，不是啦！妳也看到啦，那本漫畫！畫風不是還滿可愛的嗎？所以我很好奇女生覺得如何？尤其是少女和男主角相遇的那一幕！那裡畫得很好吧？」

「不予置評。再說了，先不論畫風，那種狀況實在太不合常理了！全身赤裸的男女居然會不期而遇，簡直是腦袋有問題。」

……原來如此。果然會是那種感覺嗎。

「是嗎，謝謝妳。總覺得好像問了讓妳很為難的問題，不好意思。」

「您知道就好。今後要是再發生同樣的事，我只好報告肇大人喔？」

「啊哈哈。話說回來，愛佳小姐……」

我隨便虛應了一下愛佳小姐的話，反過來又再追問她一個問題：

「妳其實全都知道吧？花鈴她們的祕密。」

「…………唔！」

剛才愛佳小姐在客廳看到的，就只有那本漫畫的封面而已。她根本翻都沒翻內容。所以照理來說，她根本不可能會知道女主角和男生相遇的那一幕。

然而，她卻對漫畫中兩人相遇的經緯一清二楚。

而且剛才在客廳時也是，她早就知道那本漫畫是在描寫特殊性癖——暴露狂的故事。也就是說，她在到場之前，就已經事先讀過漫畫了。

可以做到這一點的，就只有把漫畫放在那裡的那個人！

「…………呵呵。真是明察秋毫呢，天真大人。」

沉默了一會兒後，愛佳小姐綻開一抹狡黠的笑容。

「的確如同天真大人所言，我早就全都知道了——關於三位小姐的性癖。」

果然沒錯……她果然全都知道了嗎……！

這麼說來，一開始見面時，她那番別具深意的話，也是故意說給我聽的吧。她的目的恐怕是想害我動搖，再以此為樂吧……

「……為什麼至今都不說破？不，話又說回來……妳是從什麼時候發現到的？」

「您認為呢？順道一提，我過去曾貼身照顧過小姐們喔？要知道她們的祕密，多的是機會。」

的確，她說得有道理。愛佳小姐是比她們的父親肇先生，都更加貼近三姊妹的人。會知道她們的祕密，也沒什麼好奇怪的。

「既然如此，為什麼要那麼做……？居然把花鈴的性癖向大家揭露……」

「那還用說嗎？當然是為了戒除花鈴小姐的暴露癖啊。」

戒除……暴露癖……？

「只要看到周遭的人對於那種特殊漫畫的冷漠反應，一定就會明白自己所做的事有多麼愚蠢。雖然在網路上似乎是被接受的，但現實中的反應其實都是那樣的。」

「愚、愚蠢……」

花鈴的暴露性癖的確很變態，並不是值得誇獎的事。

不過，儘管她背負著自己是變態的自卑感，卻還是找到了能夠發揮這項性癖，帶給別人幸福的道路，並且竭盡全力地努力著。她憑什麼把花鈴說得這麼不堪！再說……！

「就算是為了花鈴著想，但藉由那種作法，花鈴未免也太可憐了！她是真的非常沮喪喔？感覺就好像自己喜歡的事，被人全盤否定了一樣……而且還是被她最為珍視的兩個人否定……」

「…………」

愛佳小姐不發一語地盯著我。

「沒錯，我也認為她們三人早晚都必須克服性癖才行。不過，我絕對不會認同那種作法！那樣做只會傷害到花鈴！」

如果愛佳小姐真的很重視三姊妹，就必須思考這一點。至少我是這麼想的。我相信愛佳小姐一定也很清楚，祕密曝光的嚴重性。

「原來如此……您是看不慣我的作法嗎？您自認為可以有更好的方法，成功矯正小姐們的性癖嗎？」

「沒錯！等著瞧吧，我一定會用我的方式，矯正三姊妹的性癖！所以，請妳不要再做出那種事了！」

我筆直地注視愛佳小姐的眼睛，近乎撂狠話似的堅定說道，藉此明確向她表達自己的心意。

然而，愛佳小姐聽完後，原本橫長的美瞳更加瞇起，目不轉睛地瞪著我。

「您是真的為了小姐們著想，才這麼說的嗎？」

「咦……？」

「您與小姐們才認識一個月左右吧？相較之下，我可是從懂事之前，便一直看著小姐們。我敢說自己為小姐們著想的心意，遠遠更在您之上喔？」

如此說著的她，眼神中蘊含著不容反駁的魄力，以及真心相信自己才是正確的非凡自信。

「正因為我是真心為小姐們著想，正因為我是真心擔心她們的將來，所以才會採取這種作法。那種性癖必須現在立刻戒掉。即使作法稍嫌蠻橫，我也在所不惜。」

「那、那怎麼行……」

「若是繼續拖下去，很可能會遭遇到比現在更加難堪的窘境。到時候，您敢負起責任嗎？沒能及時矯正性癖的責任。明知她們三人的祕密，卻置之未理的責任。」

「唔……！」

的確，我也明白愛佳小姐的用意。

如果不儘早戒掉性癖，三姊妹很可能會因此陷入不幸。說不定會被我以外的人發現性癖，導致心靈嚴重受創；也或許性慾日益高漲的結果，最後甚至不惜霸王硬上弓，因而捲入性犯罪事件……愈是深入思考，就愈是湧現出各種不好的想像。

為了三姊妹著想，若要防範於未然，不惜以強硬手段儘早矯正，或許才是上策吧。

可是，我……實在不想採取會傷害花鈴的方式……

「另外，恕我直言，您似乎已經沒有立場再插嘴小姐們的事了吧？」

「咦……？」

愛佳小姐從胸前口袋拿出一樣東西。那是成疊的照片……？

「什……！」

仔細一看，那是我們的照片。每張照片上都有拍到我和三姊妹其中一人的合影。而這些照片都有一個共通點，那就是全部都是猥褻的照片。

這之中包括我被發情的月乃襲擊，被雪音小姐夜襲，還有在溫泉浴池陪花鈴做暴露PLAY……那些瞬間的關鍵證據照片，全被人清清楚楚地偷拍下來。甚至也有我和她們三人一起泡露天浴池的照片。

「當然了，這些照片日後全都會提交給肇大人。至於肇大人看過這些照片後，會有什麼感想，這就不在我的管轄之內了。不過結果應該顯而易見吧？」

「……！」

的確，光用膝蓋想就知道。若是被肇先生看到這些照片，我百分之兩百會被開除。完全如同字面所說的鐵證如山！是我和三姊妹們不純交誼的證據。如果只有一、兩張還好說，但這麼多張的話，根本沒得辯解。

話說回來，真沒想到我們的一舉一動，幾乎全被愛佳小姐偷偷監視著……她的潛入技巧也太高超了。說來見笑，我真的完全沒發現。虧我自認為已經非常小心戒備，不讓愛佳小姐發現了。

看來愛佳小姐遠比我想像中更加俐落確實地執行工作。不僅監視我們的生活，而且幾乎所有弱點全都被她一一揪出來。

想想也是，她可是能夠擔任肇先生祕書的人物。儘管女僕技能再怎麼兩光，其他方面的工作能力可說是出類拔萃地優秀。我明明也很清楚這一點的……！

老實說，我果然太小看她了。而下場就是必須付出如此天大的慘痛代價。

「您最好還是老實一點，至少別再引發更多可能會惹怒肇大人的事由比較好。否則一個弄不好，恐怕不是開除就能了事，甚至有可能會被殺掉喔？」

她兜了一大圈就是為了牽制我，要我不准再繼續插手花鈴的事。

「當然了，我遲早也會解決雪音小姐和月乃小姐的性癖。不勞天真大人費心，您儘管在一旁看著就好。」

愛佳小姐揚起嘴角，露出詭譎莫測的笑容。

我看著她，卻完全無從反駁。

第四章　也有從脫衣展開的戀愛！

與愛佳小姐談完之後，我們一行人準備出門前往動物園。別墅附近有一間規模不大，專門以各種可愛小動物作為賣點的動物園，大家事前就說好要一起去逛逛。

現在一行人正站在玄關前面，等著還沒準備好的花鈴。

「真是的……那孩子實在太散漫了……到底還要我們等多久？」

「月乃，不可以那麼凶喔～」

月乃不滿地抱怨，雪音小姐連忙出聲安撫她。我站在與她們相隔一段距離的位置，看著她們的互動。

「…………」

在我身後則是負責監視的愛佳小姐，她正以銳利的眼神緊盯著這一切。由於才剛結束十分不愉快的談話，我們之間帶有濃濃的火藥味。

「對不起！讓大家久等了！」

此時，花鈴邊喊邊跑來玄關。

月乃一看到她，不由得瞪大雙眼。

「等等，花鈴！妳怎麼那身打扮？」

「咦……？有哪裡奇怪嗎？」

「當然很奇怪呀，居然穿成那樣！」

月乃說得沒錯，花鈴的打扮明顯非常奇怪。

沒錯，她把衣服──衣服──大量地穿在身上。

花鈴層層穿了好幾件襯衫與褲子，整個人顯得有點臃腫。就像全盤否定至今為止的暴露行為。

「花、花鈴……妳怎麼了？是不是發生什麼討厭的事……」

「沒、沒事啦！花鈴還是平常的花鈴呀。因為今天感覺很冷嘛，所以才想說稍微多穿一點。」

「那不是稍微多穿一點的程度吧？妳到底在想什麼……」

相對於一臉擔心的雪音，月乃則是露出驚訝不解的表情。

不過，花鈴露出一抹一如往常的笑容，一副若無其事地敷衍過去。

「真的什麼事也沒有！好了，再不快點出門，天就要黑囉？」

她說完便立刻穿上鞋子走出門外，硬生生結束這個話題。只是任誰看來，都能明顯察覺到她的不對勁。

然而，我現在也只能默默看著這樣的花鈴。

「要是敢多事，下場您應該很清楚吧？」

「真囉嗦耶……放心啦。」

我小聲回答愛佳小姐，同時追上花鈴的背影。

※

如同查到的資訊所言，動物園裡有許多可愛的小動物。兔子、水獺、狐獴以及土撥鼠等各式各樣惹人憐愛的動物，正窩在籠子裡或是玩耍，或是睡覺。

我們一行人在園區內悠哉地走走逛逛。

「啊，快看，花鈴！那隻貓頭鷹好可愛喔～」

「啊，嗯。真的耶，好可愛。」

聽見雪音小姐的聲音，花鈴有氣無力地回答。儘管臉上掛著笑容，她的聲音卻怎麼聽都很陰沉。

「我說花鈴啊～妳也拿出一點精神來嘛，看起來一點也不開心耶。」

「我、我很開心呀……」

月乃捏了捏花鈴的臉頰，試圖強迫她打起精神。

只是無論雪音小姐和月乃再怎麼向花鈴搭話，她依舊還是那副樣子。

「還有……天真！你也表現得快樂一點啦！感覺和昨天完全不同耶？」

「咦……？啊……抱歉……」

這麼說來，我今天好像沒怎麼講話。因為還對剛才的事耿耿於懷……

「話說天真……我們不必像昨天一樣曬恩愛沒關係嗎？愛佳小姐一直在一邊看著我們喔……」

由於昨天約會時發生的小插曲，月乃大概認為兩人應該表現得更像夫妻一點吧。於是她來到我身邊，打算挽住我的手。

「唔哇啊！」

我冷不防地退開身體，在千鈞一髮之際躲開了月乃的手。

「咦……？你、你幹麼閃開啊？」

月乃一臉不可思議地問。也是啦，我的態度突然一百八十度大轉變，任誰都會有這種反應吧？

「沒、沒有……那個……我只是覺得現在不應該太過親熱……」

「啥，為什麼？至少還是稍微表現得甜蜜一點比較好吧？」

「話、話是沒錯啦……」

如果是昨天以前，的確是這樣沒錯。然而……

「…………（盯──）」

從愛佳小姐緊瞅著我不放的嚴厲眼神來判斷，總覺得現在應該正好相反。被她警告了「最好老實一點」之後，現在反而有所顧慮，害怕與她們太親暱。

不過要是真的一五一十地老實說明，似乎又會引起愛佳小姐的不悅。因此我也只能支支吾吾地曖昧其詞。

「吶，大家！要不要去可愛動物區呢？」

或許是為了打破我和月乃之間的緊張氣氛吧，雪音小姐用著開朗到有些做作的笑容提議。

「與其走走看看，我比較想直接和小動物們玩。而且好想摸摸看花栗鼠喔～」

「咦……好啊，既然雪姊想去的話……」

「我、我也沒意見……」

多虧了雪音小姐，我順利躲掉月乃的追問。只是，兩人之間的氣氛依舊有點僵……

「好了，花鈴也是！快點過去吧？」

「咦……？啊，嗯。我這就過去。」

至於花鈴仍是有氣無力地回答。

※

在那之後，我們繼續在動物園逛了一會兒，但因為我和花鈴一直死氣沉沉的，微妙的氣氛始終揮之不去，因此一行人最後比預定時間提早了許多回到小木屋。

「唉……」

之後，我一個人坐在馬桶上，深深地嘆了一口氣。可以避開愛佳小姐的監視，一個人獨處的地方就只有這裡了。

總覺得現在根本沒有心情享受旅行了。花鈴無精打采的，我也不得不好好思考一下自己的問題。

等愛佳小姐把視察結果呈報給肇先生後，到時我絕對會被開除。如此一來，為了負擔家計，我必須再去找其他工作才行。而且也必須重新思考該怎麼償還債務……

不行，前途一片黑暗。我丟掉工作後，勢必也會給家人增添許多麻煩吧……

啊……葵，真的非常抱歉！請原諒我這個沒出息的哥哥……

「唉……總覺得走投無路了……」

我對未來感到絕望，不由得流洩出沉重的嘆息。

不過，現在可沒時間讓我繼續消沉下去。這趟旅行還沒有完全結束。首先必須先來想想該怎麼度過接下來的旅程。

我姑且還沒有真的被開除。雖然剛才躲開月乃，但直到最後一刻為止，還是應該要以臨時夫婿的身分好好與她們相處。我可是個對工作全力以赴的男人。無論在任何情況下，都絕對不會半途而廢！

我毅然起身，一邊思考該怎麼向月乃打圓場一邊走出廁所，並前往大家應該會在的客廳。

走著走著，就看到花鈴正在走廊的角落，不知道在做些什麼。

「嗯……？」

她將手機貼在耳邊，似乎正在和某人講電話。儘管無意偷聽，她的聲音仍然自然而然地傳進耳朵。

「是……是……對不起。所以，這次的事就取消吧……我已經不會再畫漫畫了……真的很抱歉……」

在講漫畫的事嗎……？而且花鈴口氣十分愧疚地不斷道歉。

喂，這該不會是……

「……呼……」

花鈴掛掉電話後，嘆了一口氣。我忍不住快步走向她身邊。

「喂！花鈴！」

「咦，學長！你都聽到啦？」

花鈴驚訝地轉過身面對我，還差點把手機掉到地上。

「花鈴！剛才那通電話，該不會……」

「啊、啊哈哈……沒錯，我剛才就是和找我出書的編輯通電話……」

果然……她回絕了正式出道的邀請嗎……

「妳啊……這是難得的好機會耶，太可惜了吧！就算未來不再畫漫畫，但至少可以先畫完這次嘛……」

「不過，我已經決定放棄了。再說，這樣果然很丟臉吧？向全日本的讀者自爆花鈴的變態行為……」

如果是不久以前的花鈴，絕對不會說出這種話。

「仔細想想，花鈴真的是個不知羞恥的女孩子吧？居然有臉不穿內褲地出現在眾人面前，甚至逼學長看我的裸體，還以此為樂……現在的花鈴實在無法再向別人展現自己的性癖了。所以，這樣就好——就連那本漫畫，我剛才也已經銷毀了。」

「什麼！」

把漫畫銷毀了？明明那麼樂在其中、那麼全心全意畫出來的漫畫……？

「枉費學長特地一起幫忙，我卻擅自丟掉了，對不起。不過，那對花鈴來說已經不需要了。所以我全部剪碎後，丟進垃圾桶了。總覺得豁然開朗呢！」

花鈴投給我一記笑容。

只是一眼就看得出來，那張笑容是騙人的。

花鈴是真心懷抱著滿腔熱情畫下那本漫畫的。如今自己親手丟棄那麼重要的作品，怎麼可能笑得出來。

「總之，我是不會後悔的。所以這樣就好。」

「啊……」

這麼說完後，花鈴便逃也似的離去了。

之前還大言不慚地宣示「絕對不會放棄暴露」的那個女孩，居然主動斷得如此澈底。總覺得……心情很複雜。

「花鈴……」

不過……重新仔細想想，這樣或許也不錯。

愛佳小姐說得沒錯，花鈴的性癖在他人眼中看來，是「愚蠢至極」的一件事。在大庭廣眾下——尤其是在我面前全裸，會讓她興奮不已。這確實是有必要強制戒掉的性癖。趁她還沒給其他人造成困擾之前；同時也趁花鈴還沒受傷之前。

雖然這次的作法同樣對花鈴造成了傷害，但比起暴露行為被身為家人的姊姊們和肇先生知道，或是被其他陌生人發現後，以此作為要脅或是侵犯她，這樣的傷害算是很輕的了。在真正為時已晚之前，成功矯正性癖——這明明是求之不得的好事才對。

這麼一想，比起我的意見，愛佳小姐的作法或許才正確許多也說不定。

而且對於三姊妹的感情，愛佳小姐一定比我更加深刻。也許我應該認同她所說的話才對……

「吶，天真學弟，可以借我一點時間嗎……？」

「咦……？」

我抬起頭一看，便發現雪音小姐不知什麼時候來到我面前。看來我剛才思考得太入神了。

「雪音小姐……怎麼了嗎？」

「嗯，我有些話想跟你說。可以的話，希望能兩人獨處……」

兩人獨處……我有一瞬間，下意識地嚴加提防她的變態本性，但從她臉上認真的表情看來，應該是很正經的事吧。

「我知道了，當然可以。」

「謝謝……那我們換個地方談吧。」

我跟在雪音小姐身後，爬上通往二樓的樓梯。

※

我們換到二樓寢室，兩個人單獨談話。我們彼此面對面地坐在棉被上。

接著雪音小姐率先開口說：

「該從何問起呢……首先，你和花鈴之間發生什麼事了？」

「我、我和花鈴嗎……？」

「嗯。從早上開始，你和花鈴就不太對勁……我才想說，你們之間是不是發生了什麼事？」

的確，任誰都會在意吧。我和花鈴突然同時變得那麼消沉。

「沒有啦，那個……不是什麼值得雪音小姐擔心的事。我們並沒有吵架，而且，至少我挺有精神的呀？」

「真的嗎……？如果是這樣就好了……」

雪音小姐瞬間安心了一下，隨即又再次斂起表情。

「可是……如果是這樣的話，為什麼花鈴會那麼無精打采呢？天真學弟，你知道些什麼嗎？」

雪音小姐眼神充滿無助地詢問我。

關於真正的原因，我是再清楚不過的了；只是我當然不可能老實說出口。畢竟這關係到花鈴的祕密。

「不……我也不知道。對不起。」

「是嗎……啊，我才覺得抱歉。請你別放在心上喔。」

雪音小姐體貼地投給我一記笑容。

「不過我真的很擔心花鈴……最近真的很難得看到她那麼沒精神……」

「最近……？」

「花鈴她呀，過去曾有一段時間，總是將自己封閉起來……以前的她比現在更加壓抑。大概是因為常常被人拿來和我及月乃比較，讓她感到很痛苦吧。花鈴明明也有許多優點和才華，偏偏就是對讀書和運動不太拿手……」

「原來是這樣啊……」

我只認識平時那個開朗過頭又愛惡作劇的花鈴，因此實在有點難以想像。過去的花鈴，或許遠比我想像中更加受到自卑感所苦。

「但自從升上國中後不久起，不知道為什麼，那些情況全都消失了……她變成一個非常開朗的孩子。我真的非常喜歡她的笑容。」

我想那大概是她的暴露本性覺醒之後的事吧……先不論是以何種形式，但正是因為找到了一項生存意義，她才能變得如此神采奕奕吧。

然後之後又在網路上透過自己的作品，獲得別人對於暴露興趣的肯定，她也因此逐漸開朗起來。

「可是，總覺得今天的花鈴和過去的她很像……看得我有點心痛……我實在不想再看到妹妹露出那麼悲傷的表情……」

「……！」

聽到雪音小姐的話，我的腦海中不由得浮現出妹妹葵的臉。

老實說，我完全能體會她的心情。要是葵突然變得像現在的花鈴一樣，我一定會非常擔心。

我可以切身感受到，身為姊姊的雪音小姐擔心妹妹的心情。

「只要可以讓花鈴打起精神，我什麼事都願意做！所以，我想拜託天真學弟……關於花鈴的事，如果你發現了什麼，就請你幫幫她吧。我想有些事，一定只有天真學弟才幫得上忙。」

雪音小姐抓住我的手，直盯著我的臉瞧。

「你可以讓花鈴打起精神嗎？如果只有我，不知道能不能辦到……」

「雪音小姐……」

沒錯……我到底在胡思亂想些什麼。

身為臨時夫婿，我最重要的任務就是讓三姊妹獲得幸福。好好引導她們，讓她們學會在將來時，該如何經營幸福的生活。

矯正性癖終究不是最終目的，而是手段罷了。為了讓我順利完成這份工作，並且讓花鈴將來掌握幸福的手段。

雖然不再暴露，卻也失去了幸福，這樣根本沒有意義。如果在她的幸福路上，暴露是不可或缺的話，那麼現在根本不該強制剝奪。等到她的心靈充分得到滿足，不必再依賴暴露之後，再自然而然讓她戒掉，這樣才有意義。

所以，現在還不該剝奪花鈴的暴露性癖。應該繼續讓花鈴做她自己！

「……我知道了，雪音小姐。我一定會讓花鈴打起精神的！」

「謝、謝謝你，天真學弟！」

既然下定決心了，就沒什麼好迷惘的。接下來唯一該做的，就是去找花鈴談談，好好說服她。即使我最後會因此而丟掉工作也無妨——

「吶，抱歉，打斷你們一下！」

「磅！」的一聲巨響，房門被人猛然打開，隨即就看到月乃衝了進來。

「唔哇，嚇我一跳！妳幹麼啦……？」

「怎麼了嗎，月乃，慌慌張張的……」

「你們知不知道花鈴去哪裡了？我到處都找不到她耶！」

「「咦……？」」

花鈴不見了……？怎麼回事……？

「呃，這怎麼可能？我剛剛才在走廊上看到她呀……」

「我也有看到她在走廊上不知道和誰在講電話……」

「可是現在就是找不到人嘛！小木屋的每間房間我都巡過了，也到外頭大致找了一圈……叫她的名字也沒有回應……」

喂喂喂……這個情況……難道說……

她該不會是離家出走了吧……？一連串的事情讓她深受傷害……

「發生什麼事了嗎？我似乎聽到各位的吵鬧聲……」

大概是聽到我們的聲音吧，愛佳小姐走了過來。月乃也對她問了同樣的問題。

「愛佳小姐！妳知不知道花鈴去哪裡了？她好像失蹤了！」

對了……愛佳小姐一定知道花鈴的下落。她可是超乎我想像的優秀人物，而且比任何人都更加為三姊妹著想。她事前應該也已經預料到事情會演變成這樣才對。所以她一定早就有所防備，免得花鈴萌生什麼傻念頭。

沒錯，我有一瞬間滿懷期待；然而……

「花鈴小姐……失蹤了……？」

看來對愛佳小姐而言，當下的事態同樣完全出乎她的預料之外。

只見她瞪大雙眼，露出滿是錯愕的表情。過了不久，明顯可以看到她臉上的血色一口氣退去。

她恐怕是和我想到同樣的事情。

「為、為什麼……？難道她真的那麼在意……！」

愛佳小姐顫抖著嘴角，以沙啞的聲音低喃。只是她的聲音並未傳入我以外的其他人耳裡。

「總、總之必須趕快找到她！大家分頭出去找吧！」

在雪音小姐的指示下，我們立刻開始尋找花鈴。

※

從大家開始分頭尋找花鈴，到現在已經過了兩小時。

看來她剛才一講完電話後，人就不見了吧。而且她又把手機留在小木屋裡，因此也無法聯絡上她。

我們四個人分頭在這附近找了一圈，但就是找不到她。

時間已經是傍晚，太陽快下山了。再加上天氣慢慢轉陰，天色相當昏暗。

於是我們決定先到別墅的屋簷前集合，互相交換情報。

「吶，天真，你那邊找得如何？」

「沒找到，抱歉……她果然不在露天浴池裡。」

「我也去了河邊找找看，但完全找不到人……」

別墅附近一帶，大家似乎到處都找遍了，然而就是找不到花鈴。雪音小姐和月乃都不約而同地露出憂心忡忡的表情。

就在此時，愛佳小姐突然從樹林裡衝了出來。

從她那一身狼狽樣來看，她剛才應該是沿著險峻的山路四處搜索吧。

「愛、愛佳小姐！妳沒事吧？」

我們急忙湊過去。然而，她神色十分憂傷地看著我們。

「果然……還是沒有找到……」

「愛佳小姐……」

「但各位不必擔心，我一定會找到她的。無論如何，我都必須找到她才行……！」

花鈴的失蹤，似乎讓愛佳小姐非常自責。她大概是覺得都是因為自己傷害了花鈴，才會讓事情演變成這樣。平時總是一派冷靜的她，如今卻流露出顯而易見的焦急無措。

只是儘管再怎麼焦急，也無法立刻找到人。

縱使花鈴現在還在神宮寺家的私人土地內，但畢竟範圍可是涵蓋了整座小山。像無頭蒼蠅一樣四處亂找，想找到人可說是天方夜譚。再說她也有可能已經離開山區了。

「該不會……被河水沖走了吧……？還是說，在山裡遇難了……」

「怎、怎麼會……花鈴……！」

找了這麼久還是沒找到花鈴，大家不由得逐漸往不好的方向想。此時天空開始飄起雨來，更加煽動了眾人的不安情緒。雨勢沒多久便轉成傾盆大雨，持續澆灌著大地。

「……啊啊……我真沒用……身為姊姊，卻完全不知道花鈴可能會去的地方……」

「妳要這麼說的話，我也一樣啊……明明一早就發現她的樣子不太對勁，卻沒能多多關心她……」

雪音小姐和月乃在原地蹲了下來，彷彿都快哭出來。

「我也是，要是我能多跟她聊聊就好了……」

「她一定正在煩惱些什麼吧……我這個姊姊實在太不可靠了……居然完全不了解那孩子……」

不過——

正因為花鈴失蹤前，明顯一副十分沮喪的樣子，更讓她們兩人深感自責。

「……那都是當然的呀。」

「「咦……？」」

聽見我的低語後，雪音小姐和月乃同時抬起頭。

「不了解妹妹的心情，這本來就是理所當然的事。雖說是妹妹，但終究還是不同的個體嘛。」

縱使身為姊妹，依舊無法輕易了解對方的心情。我也一樣，沒辦法完全了解妹妹在想些什麼。

「再說了，唯有一點我敢確定，那就是雪音小姐和月乃絕對不是沒用的姊姊。因為花鈴非常信任妳們兩人喔。」

花鈴對於比自己優秀的兩位姊姊，一直感到很自卑。儘管如此，她平時之所以可以在她們面前笑得那麼開心，正是因為她是真心喜歡兩位姊姊。

因為她深深憧憬自己最喜歡的兩位姊姊。

「所以，妳們也別那麼沮喪了。我們在這裡繼續消沉下去也不是辦法。有空講這些喪氣話，還不如快去找人！」

「天真學弟……」

「天真……」

雪音小姐和月乃看著我，然後大力地點點頭。

「嗯……說得沒錯。現在的確不是沮喪的時候！」

「我也同意，趕快再出去找找看！這次說不定一下子就能找到！」

兩人的眼底再度燃起幹勁，總算稍微打起一點精神了。

「好，那就快走吧！不過，妳們兩人在這附近尋找就好；至於我則會走遠一點。」

「咦，可是只有天真學弟一個人的話……」

「不必擔心我。我想大家差不多也累了，山路那邊由我去找就好。」

我因為過去打工時，鍛鍊出高強的腳力，所以倒是覺得無所謂；但這個時間讓女孩子跑太遠找人，實在太危險了。何況現在還下著雨，就更不用說了。

「愛佳小姐也是，就麻煩妳在這附近找找看吧。」

「……真的可以交給您嗎？您真的可以找到花鈴小姐嗎……？」

愛佳小姐用著無比不安、焦急與歉疚的表情看著我。

「是的，我一定會找到她。妳就別擔心了。」

接著我伸手搭住她的肩，以月乃她們聽不見的音量小聲低語：

「所以，妳也別太過鑽牛角尖喔？這種時候，更應該好好振作才行。」

「…………真的很對不起……！」

愛佳萬分糾結般地說。

之後，我穿上雨衣出發尋找花鈴。我沿著山路往上爬，邊走邊搜尋她的身影。

不過花鈴那傢伙究竟跑哪去了……？再不快點找到她，真的有可能會發生月乃她們所說的意外事故。下個不停的大雨，也更加助長了不好的預感。

我們四人應該已經找遍別墅附近一帶了才對。漫無目的地搜尋，想要找到人根本是難如登天，此時還是仔細思考花鈴可能會去的地方，再從那裡找起比較好。

只是會是哪裡呢……？對她而言深具意義的地方……

「……這麼說來，她的漫畫裡就有畫到吧……」

花鈴昨天畫的漫畫，就是以她在喜歡的場所大露特露作為範本所畫的。那座露天浴池、昨天的溪流……另外還畫了好幾個地方。該不會是當中的……

「看來很值得去看看……」

我推敲出一處地方，為了早一刻帶回花鈴，邁步奔跑了起來。同時也在腦海裡思考著，該怎麼讓她取回對色情漫畫的熱情。

※

「唉……雨勢變得更大了……」

我站在自家私人土地的山頂，半是嘆息地自言自語。

原本是想看看山頂的風景轉換一下心情，所以才爬上來的；誰知雨勢竟在不知不覺間轉成傾盆大雨。

幸好附近有處尚可容身的小洞窟，才不至於沒地方躲雨，只是看這樣子，恐怕是無法回小木屋了……而且我又沒帶傘。不過要說到最大的敗筆，就是我居然把手機留在小木屋裡。這下真的是窮途末路了。

「唉～總覺得自己一直在嘆氣呢……」

雖然下定決心徹底放棄暴露行為和畫色情漫畫是很好啦，但心情不知怎地就是開心不起來。畢竟色色的事對我來說，有著十分重大的生存意義。

無論是全裸體驗到的快感，還是將這些體驗畫進色情漫畫讓更多人看到，這些對我來說，都是非常重要的生存意義。

尤其是聽到許多人稱讚我的作品，更是無可取代的樂趣。每次聽到大家說「很有趣」時，一想到只不過是個大變態痴女的我，居然也能為某人帶來鼓舞，我真的開心得不得了。總覺得自己也和姊姊們一樣，正被某人需要著。

但是，這一切都結束了。我已經決定從好色女畢業了。

這也無可奈何啦。喜歡暴露的女孩子，連我自己都覺得奇怪又可笑。

反正總有一天勢必要改掉這毛病，只不過是時間早晚的差別而已。能趁著現在及早下定決心，反而才是好事吧。

……雖然我試著這麼想，但心情果然還是頹靡不振……難得和大家一起來旅行，如今卻一點也開心不起來……

不知道為什麼，暫時想一個人獨處一下。在這場大雨停歇之前，乾脆一個人好好放空一下吧……

「不過要是太晚回去，似乎也不太好……」

如果我遲遲沒有回去，很可能會害姊姊她們擔心。尤其是雪音姊，特別愛瞎操心；

還有月乃姊，事後大概會把我臭罵一頓吧。天真學長和愛佳學姊看我太晚回去，一定也會很不安。

「果然還是應該強行冒雨回去吧……」

我離開別墅已經有一段時間了，繼續留在這裡，他們很可能會出來找我。再不回去的話，真的會不太妙。

雖然會被雨淋成落湯雞，但應該不至於回不去吧……？

我這麼想，便起身準備離開洞窟。

就在此時。突然有個人跳了出來，並且站在洞口前！

「……咦？」

那是我再熟悉不過的人物。

全裸的天真學長。

※

「唔噢噢噢噢噢！花鈴————！原來妳在這裡啊————！」

「呀啊————！」

我探頭看向洞窟內，裡頭的花鈴頓時發出慘叫。

很好……總算找到花鈴了。

她果然是在山頂附近……因為她漫畫裡提到的地點當中，就只剩這裡還沒認真找過。雖然本來就有一點懷疑啦。

「真是的，妳這傢伙把大家搞得人仰馬翻的。好了，我們快點回去吧！我有帶傘來給妳。」

「不、不要啊──！花鈴要被襲擊了──！」

花鈴一副活見鬼的驚恐模樣，脫口喊出非常失禮的話。

不過，這也是當然的。因為現在的我可是──全裸！

儘管變態少女如她，突然有個裸男出現，果然還是會嚇到。

「別過來──！討厭啦──！」

花鈴以雙手遮住眼睛大聲喊叫。不過，妳透過指縫偷瞄我的小動作，一下子就穿幫了喔？

「喂喂喂，幹麼那麼害怕。我和妳可是同一掛的耶。」

「呃，人家很害怕耶！學長到底在做什麼啊！在這種地方全裸，完全就是個超級大變態啊！你快點遮起來啦，那個小不隆咚的東西！」

「喂！說什麼小不隆咚的東西！話說回來，我怎麼可能露出那種東西！」

我只有下半身像原始人一樣掛上葉子遮起來。請不要擅自多作想像，說什麼小不隆咚之類的話。

「就算是這樣，在你脫掉衣服的瞬間，就已經構成大問題了喔！」

「咦？妳不是說，因為這裡是私人土地，所以沒有問題嗎？」

「啊唔……那是……」

被人用自己說過的話回敬，花鈴一臉不甘心地嘟噥著。

「不過學長為什麼沒穿衣服啊？虧你平時還斥責花鈴的暴露行為！」

「這還用問嗎？當然是為了讓妳做回自己呀！」

「做回……自己……？」

我一直在思考，該怎麼讓花鈴重拾她的性癖——對於暴露與色情漫畫的熱情。最後只能想到這個方法。就是由我脫光全裸，讓花鈴回想起暴露快感的辦法。

……我當然知道。自己的腦袋根本有洞。居然為了這種理由全裸，我大概是腦袋壞掉了吧。恐怕是因為和變態們一起生活久了，結果傳染了她們的思考模式。真的會被她們害死。而且現在雨依舊下個不停，害我的身體都快凍僵了。可以的話，我超希望立刻穿上衣服的。

只是，我接下來必須面對一個腦袋有洞的變態少女。既然如此，我也必須鬆開腦袋的螺絲才行！

「事情就是這樣，花鈴！看著我吧————————！」

「呀啊————————！拜託你住手啦！至少披上這個也好！」

花鈴把自己的連帽外套硬是套在我身上。只是尺寸對我來說太小了，拉鍊完全拉不起來。雖然上半身姑且算是有穿，但總覺得變態度反而有增無減。

「話說回來，你怎麼會知道這裡……？這裡離別墅有段距離耶……」

「我根據妳在色情漫畫裡畫到的地點，一處一處找起。妳不是曾經說過嗎？那本漫畫是以妳喜歡的地點作為題材的。」

花鈴的漫畫當中，也有在山頂大玩暴露ＰＬＡＹ的色色橋段。如果昨天晚上沒有看過原稿，或許就不會知道這裡吧。

「原、原來如此……漫畫內容你全都記住了……？」

「畢竟昨天晚上才剛看過嘛。」

對花鈴而言，光是記得內容，似乎就令她相當開心。今天一整天下來，花鈴第一次放鬆繃緊的表情，有些靦腆地開口說：

「欸嘿嘿……我以前常常穿著迷你裙，底下沒穿內褲地爬上這裡，一邊妄想山下有人正在看著。」

這傢伙真的經常不穿內褲出門耶。雖然現在的我沒資格說她就是了。

「是說妳不要突然搞失蹤啦。大家都很擔心喔？」

「對、對不起……因為好久沒來這裡，突然很想來看看。原本打算馬上就回去的，誰知道卻下起雨來……」

花鈴支支吾吾地解釋。簡單來說，就是想來看看風景，轉換心情吧。

「先別說我的事了，學長！拜託你快點穿上衣服啦！你應該姑且有帶衣服來吧？」

「當然。我的衣服的確收在包包裡。不過，我是絕對不會穿的！」

「為什麼啊？你腦袋有問題嗎？」

「畢竟身為夫妻，彼此裸裎相見是理所當然的事呀。所以，妳也快點脫吧！」

「你你你在胡說什麼啊！學長這樣完全就是個變態喔！要是花鈴提告，絕對會勝訴喔！你其實是TENGA學長吧！」

這句話是什麼意思？而且唯有妳最沒有資格講我啦！

「更重要的是，女孩子興高采烈地主動脫光光，真的太奇怪了！絕對必須戒掉才行！學長也是這麼想的吧？學長也是千方百計地試圖矯正花鈴的性癖……」

「沒錯，確實如此。我很希望有一天，妳可以戒掉暴露性癖，變成一個普通且活潑可愛的女孩。」

「既然這樣，為什麼學長要——」

「不過，我更喜歡喜愛暴露的妳喔？」

「噫噫噫噫噫噫！」

花鈴滿臉通紅地大大往後仰身。啊，這個說法會害人誤會吧？

「當、當然這句話沒有別的意思！我只是想說，我喜歡看到妳幸福的樣子！」

花鈴裸露的時候，表情格外地神采奕奕。那樣的她和現在的神色截然不同，是非常幸福的表情。

「只要妳真心感到幸福，我覺得繼續當個變態也無妨喔？順道一提，我現在也是意外地並不反感。出乎我的預料，暴露其實還挺不錯的呢。這無與倫比的解放感，真的超棒的！」

並不是全面肯定花鈴，只是自己試著脫光一次後，發現比想像中更加自在暢快。或許人類原本就潛藏著這種慾求也說不定。

「如何？妳就別繼續作無謂地賭氣了，再度走上暴露之道吧？」

「……唔！（嚥口水）」

哦？上鉤了、上鉤了！她現在有點羨慕了！

「來吧，別再忍耐了，老實地展現自我吧！然後脫掉衣服，變成全裸吧！再次畫暴露漫畫吧！」

「唔、唔唔唔……唔唔唔……！不行！」

花鈴並沒有向誘惑低頭，以強大的理性如此開口說：

「要是一直做這種事，花鈴就永遠都不會成長！反正無論如何，遲早還是必須戒掉！必須有所成長！」

她雙手環抱身體，展示出絕對不會裸身的強烈意志。

「原本就已經一無長處的花鈴，居然還是個變態，要是大家知道了，一定會退避三舍！到時候，我該怎麼辦才好？身為神宮寺家的女兒，可是會嫁不出去啊！」

「真的變成那樣，我一定會替妳想辦法的！」

「……唔！」

我的話讓花鈴感到膽怯。

「我無論如何都想全力支持妳的夢想！妳不是說了嗎？希望用自己的漫畫，帶給大家快樂。希望藉由讓自己得到鼓舞的暴露行為，帶給大家生存的活力。我真的覺得那個夢想非常了不起！妳絕對應該要努力去實現才對！」

即使花鈴的性癖和畫色情漫畫這些事實，對於一般人而言是非常恬不知恥的事，但她那個「想讓自己和其他人都得到幸福」的夢想，依舊是無比高貴的。花鈴真心真意的信念和熱情，絕對一點也不可恥！

「所以，等到實現那個夢想之後，再戒掉暴露也不遲呀？等到花鈴以及花鈴的讀者都得到幸福之後。」

「…………」

花鈴別開臉背對我，一臉糾結地沉默了好一會兒。

「真、真的可以嗎……？花鈴可以繼續當個暴露狂……繼續畫色情漫畫……」

「當然。直到妳澈底實現那個夢想，確實得到幸福為止——不過妳遲早還是得捨棄性癖就是了。」

我邊說邊將手搭在花鈴的頭上。

「要是到時真的為時已晚，就由我負責照顧妳吧。畢竟我可是妳的臨時夫婿呀。」

「學長……！」

花鈴轉頭面向我，目不轉睛地凝望著我的眼睛。她的雙瞳有些溼潤。

之後——

「呵呵……啊哈哈！啊哈哈哈哈哈哈！」

花鈴突然大笑出聲。

「那是怎樣啦？那種說法簡直就像是求婚耶！」

「咦……！不，不是那樣的……」

「居然在蜜月旅行求婚，順序顛倒了吧？」

「就說了不是啦！我真的沒有那個意思……！」

更重要的是，要是我對三姊妹的任何一人出手，我絕對會被肇先生從這個世界上抹殺掉的！

不過，花鈴特有半帶促狹的笑容終於回來了。她恢復一如往常的表情。

「真受不了耶。原來學長這麼喜歡花鈴呀～真傷腦筋呢～」

「妳這傢伙……完全沒在聽我說話吧……」

「不過，我真的很高興喔？小小心動了一下呢……」

「咦？」

「喝呀！」

花鈴忽然高喊一聲，毫無預警地脫光身上的衣服……咦？

「啊哈，我和學長這下都是全裸耶☆花鈴和學長兩個人都是變態呢！」

「……抱歉。我還是決定穿上衣服。」

雖然事到如今才發現也太晚了，但現在這種狀況簡直糟糕得要命。

「咦～為什麼～？一起全裸閒晃嘛～」
「放、放手啦！不要裸著身體抱上來啦！」
花鈴朝我飛撲而來，我不由得一屁股跌坐在地。之後順勢逃離洞窟外，這才發現雨勢剛好停了，厚厚的烏雲也逐漸散去。
「……謝謝你，天真學長……花鈴會努力實現夢想的。」
「嗯，好……我會替妳加油的。」
之後我們穿上彼此的衣服，一起返回別墅。

※

「各位，真的很對不起！」
回到別墅後，花鈴對著眾人低頭道歉。
「真是的！笨蛋花鈴！妳真的害我擔心死了！」
「不過太好了～！妳平安無事～！」
雪音小姐和月乃抱住花鈴，用力地抱緊她。看到回來後的花鈴，又恢復平時的模樣，她們兩人這才總算放下心中的重擔。

「天真學弟，真的非常謝謝你！幫忙找到花鈴……」

「妳不必這麼客氣。這是身為臨時夫婿該做的。」

「不過天真，你怎麼會知道花鈴的所在位置呢？而且還是山頂，要不是知道她在那裡，應該不會想到要去那裡找吧……」

「啊～那是因為……我只是看穿花鈴的行動罷了。想說她應該會在那一帶吧。」

畢竟又不能供出色情漫畫的事，只能含糊其詞地回答。

「真、真的嗎……？就連我們也沒有想到那裡耶……」

「可見天真學弟……比姊妹們都更加細心入微地關注著我們吧……！」

雪音小姐露出感動萬千的表情，猛然往我撲過來。

「真的、真的非常謝謝你！有天真學弟在，真是太好了！」

「唔哇！等等，不要抱著我啦——唔嘎！」

我的臉被深深埋進爆乳之間。啊，不妙……這樣根本無法呼吸……

「噗哈！雪音小姐，妳是想殺了我嗎？拜託妳真的別再這樣了啦！」

「啊，等一下！天真學弟！」

再待下去，我恐怕真的會被那對胸部悶死。我二話不說地衝出客廳來到走廊。

出來後……

「歡迎回來，天真大人。」

剛好遇到愛佳小姐。

「啊，謝謝……已經找到花鈴囉。」

「好的……謝謝您。另外，真的非常抱歉。都怪我思慮太過膚淺了，才會引起這樣的事態……」

實在太意外了，愛佳小姐竟然開口向我道謝與賠罪。

「這次的事完全出乎我的預料之外。要不是有天真大人在，後果不堪設想……」

「不，這沒什麼啦。花鈴最後也平安無事呀……所以，妳也別太介意了。」

「……真的非常感謝您的體貼話語。」

愛佳小姐恭敬地向我躬身行禮。

之後，才想說她終於肯抬起頭了，這下又換成目不轉睛地直直望著我的眼睛。

「話說回來，天真大人……您剛才似乎體驗了非常有趣的事呢？」

愛佳小姐邊說邊將照片遞給我看。那是拍到我在山頂附近全裸的照片……咦？

「其實在那之後，我因為不放心而跟蹤天真大人。結果便撞見了這個場面。」

「不會吧！那一幕妳全看到了？」

暴露行為被看到啦——！這是怎樣，超級羞恥的耶！

「這真是非常了不起的行動呢。藉由主動全裸，來擄獲小姐的芳心，一般人絕對辦不到的吧？真不愧是天真先生。」

總覺得愛佳小姐像是吃錯藥似的大力誇獎我。這是那個吧？故意酸我？

「對了，天真大人。為什麼要做出讓花鈴小姐重拾性癖的舉動呢？難得花鈴小姐都已經有意要改正了……」

「唔……！」

愛佳小姐賁張出轟然的霸氣開口問道。這個人果然好可怕。此時視線之銳利，完全更勝以往。

不過，我也不能在這時候退縮。

「那、那是因為……經過這次的事，讓我更加確定我的想法才是正確的。」

看到被我說服後的花鈴臉上那個開朗的神情，我更加深信比起強制矯正性癖，她們的幸福果然才是最重要的。

而且在尋找花鈴的時候也是。正因為熟稔之後，知道了花鈴的想法；正因為從花鈴口中聽到她投注在那本漫畫的信念，我才會發現她的所在位置。

因為重視花鈴的心情，所以才能找回她的笑容。

「認真地看待她們的心情，才是與她們相處最重要的事。像愛佳小姐這樣沒有好好與對方交流，無視她們的心意強制矯正性癖的作法，是無法讓她們三人真正得到幸福的。所以，我認為往後也必須尊重她們的心意，與她們好好相處下去才對。」

「是嗎……不過，您應該無法再以臨時夫婿自居了吧？我必須將這張照片提交給肇大人。如此一來，您應該也沒機會再和小姐們接觸了喔？」

「的確，這也是當然了……所以，我想拜託愛佳小姐一件事。」

我學著愛佳小姐剛才的動作，朝她深深低下頭。

「請妳往後照著我的作法，好好守望她們三人。在她們真正得到幸福後，能夠克服性癖為止。」

「……！」

知道三姊妹祕密的人，除了我以外，就只有愛佳小姐了。我被開除後，唯一可以託付三姊妹的對象，也就只有愛佳小姐。

因此，我將一切託付給愛佳小姐。並且誠心誠意地懇求她，不要再做出那種自作主張的事。

「至於剛才那些照片，就說全都是我慫恿她們三人的。請妳不要透露她們的性癖，一定要保密到底。唯有這一點，請妳務必答應我……！」

我丟了這份工作沒差，但如果因此導致三姊妹的祕密曝光，我絕對無法坐視不管。

我懷抱著這個深切的心意，抬起頭凝視愛佳小姐的臉。

「……是嗎？您的心情我都了解了。」

說完，她像是逃避我的視線似的，先是靜靜低下頭，然後——

「那麼，也容我履行我的工作吧。」

——她拿出手機，撥了通電話。

「您好，是我，寺園愛佳。您現在方便講電話嗎？肇大人。」

「肇先生……！」

一聽見那個名字，我瞬間全身寒毛直豎。

『哦哦，是愛佳呀？無妨。現在工作正好告一段落。』

雖然細小，但可以從電話聽筒隱約聽到肇先生的聲音。那確確實實就是本人。

「那麼，我在此向您報告有關於天真大人的視察內容。」

『視察報告……？我記得距離期限還有一段時間吧？』

「是的。不過，現在便已經得出結果了。」

愛佳小姐……該不要想讓我當場被開除吧……？

真是那樣也無可奈何。畢竟是我自己選擇的決定，也只能默默接受了。之後只能盼望愛佳小姐可以好好守護三姊妹了。

『是嗎，那我就聽聽看吧。他的表現如何？』

「是的，我這就向您說明。據我所見的天真大人——」

愛佳小姐終於要對我作出處分了。

「——是位非常出色的人物。」

「……咦？」

出色的人物……？什麼意思……？我不是要被開除了嗎……？

「就我所見，天真大人與小姐們過著十分健全的生活。不僅如此，他也非常盡責地扮演好臨時夫婿的角色，我認為要陪小姐們進行夫妻修行，再也沒有比他更適合的人選了。不愧是肇大人寄予信任的少年。」

『哈哈哈，沒錯吧！天真同學果然不負我的期待。或許根本就沒必要特地派妳過去視察。』

「是的。所以，等這趟旅行結束回去後，我希望返回祕書的崗位……」

『我明白了。那就拜託妳了，愛佳。』

「謝謝您。那麼容我失陪了。」

說完，愛佳小姐便掛斷電話。

咦、咦……？怎麼回事……？

「請、請問……剛才那是怎樣……？」

為什麼愛佳小姐會說出認同我的話呢？這和至今為止的風向差了十萬八千里耶？即使天才如我，也完全搞不清楚狀況。

正當我陷入混亂時，愛佳小姐率先開口：

「天真大人，之前多有冒犯，真的非常抱歉。其實我是出於個人的意思，想測試一下天真大人。看看您是否真的是三位小姐臨時夫婿的適合人選。也想看看您在知道三位小姐的所有性癖後，是否還能誠摯地面對她們。」

愛佳小姐說完，再次深深低下頭。

測試……也就是有別於視察的任務，她另外也對我做了評量嗎？

「天真大人在這趟旅行中，十分盡責地履行臨時夫婿的職責。在全力協助小姐們克服性癖的同時，卻絕對不會主動對三位小姐出手。就連我事先安排的露天浴池，你非但沒有做出不軌之舉，甚至還反過來糾正變態的小姐們。」

「什……！那座露天浴池原來是妳搞的鬼嗎！」

居然為了測試我，把浴池裡的隔間拆掉。還真是豪邁的作法……

「此外，即使面臨自己將會被開除的狀況，直到最後仍一心守護小姐們祕密的這份善良溫柔，老實說我真的有點驚訝。沒想到您會如此切身地為小姐們著想。」

總覺得快被她捧上天了。說實在的，被愛佳小姐這麼誇獎，我只覺得全身不對勁。

「可、可是……為什麼要特地那麼做……？」

「對我來說，我從以前便一直照顧小姐們，而且我們也一起長大，她們是我非常珍視的人們。因此，儘管只是臨時，但您是否真的適合成為三位小姐們的夫婿，我想親自確認一下。」

原來如此……的確啦，自己最珍視的小姐們，要和一個來路不明的陌生男子一起生活，一般來說都會擔心。

「當然了，我會以強硬手段試圖矯正花鈴小姐的性癖，同樣也是基於這個目的。為了觀察你會採取什麼樣的行動。」

「真、真的假的……難怪作法也太過強硬了……」

「是的。還因此引發了出乎預料的事態……但多虧於此，我總算明白了。天真大人在履行工作的過程中，都是真心為了小姐們著想。而且您還擁有能在小姐們沮喪、煩惱時，牽引她們前進的力量。如果是您的話，確實是可以放心將小姐們託付給您。」

「那麼……我並不會被開除囉……？」

「是的。反而要恭喜您及格了……您忠厚可靠的性格，同樣幫了我大忙。」

愛佳小佳從口袋裡拿出之前拍下的證據照片，接著二話不說地使勁撕碎。

「啊，那是……」

「這些已經不需要了。檔案我也會全部刪除，不會再讓任何人看到。」

說完，她順手將化作碎片的證據照片丟進附近的垃圾筒，然後筆直地正視我的臉。

「天真大人，我再次向您致歉。真的非常對不起。另外，從今往後也請您繼續關照小姐們。」

愛佳再次低下頭。之後，她抬起頭對我說：

「因為您是我最信得過的人。」

「是、是……！包在我身上！」

愛佳小姐說完，投給我一記微笑。第一次看到她露出如此溫柔的笑容，總覺得非常溫暖。

「啊……不過，對花鈴實在很過意不去……她回絕了難得的出道邀約，連原稿也撕破丟掉了……」

如今知道真相後，突然間對她湧現滿滿的罪惡感……

「不必擔心。原稿的話，都在這裡了。」

「咦……？」

愛佳小姐不知從哪裡拿出一疊紙。那是與花鈴的漫畫一模一樣的原稿。

「這、這該不會是……！」

「是的，正是花鈴小姐的原稿。」

愛佳小姐神色自若地說。可是，原稿不是已經丟掉了……？

「這是我根據那份原稿重新準備的。雖然有點自吹自擂，但我敢說水準和真正的原稿絕對難分真假。」

愛佳小姐將整疊原稿遞給我。她的手上傷痕累累，還沾滿了大量的墨水。

她、她該不會……專程為了花鈴，把那本漫畫從頭重畫一次吧？而且筆觸和花鈴幾乎如出一轍！簡直神還原了原本那份原稿！

「好厲害……！一般人絕對辦不到啊！」

「這、這點小事對我來說，不過是小菜一碟。並不是什麼足以掛齒的事。」

明明雙頰略帶緋紅，她仍然強裝冷靜。

「再說了，花鈴小姐之所以會丟掉原稿，都要歸咎於我的壞心眼。就當作是贖罪吧，至少讓我盡點棉薄之力。」

不，這個工作可不是「棉薄之力」足以形容的。

要分毫不差地重現其他人的原稿，對漫畫門外漢來說是非常困難的。而且光從她傷痕累累的雙手來看，就能知道她一定是拚了命地努力趕工吧。若不是因為愛佳小姐非常優秀，而且非常珍視花鈴的話，是絕對不可能辦到的。

我好像有點明白，肇先生是看中愛佳小姐哪一點，才會如此器重她了。

「這個請天真大人之後交給花鈴小姐吧，就說是你修復好的。若是由我交給小姐，我知道她祕密的事就會穿幫。」

「我知道了，交給我吧。」

「我也會去向邀請小姐出書的那位編輯再次施壓。這麼一來，只要花鈴小姐有意出書，事情也會比較好談。」

雖然女僕技能非常兩光，但這方面的工作倒是十分靠得住。我相信愛佳小姐一定會安排妥當。

「因此，之後請您不必有所顧慮，好好與三位小姐們培養感情吧。畢竟是難得的蜜月旅行呀。」

「啊……也是。這趟旅行原本就是為此才舉辦的嘛。」

這趟旅行的目的，是要讓三姊妹體驗蜜月旅行。最後希望能和大家一起做些什麼，以達成這個目的。

「不如就大家一起玩吧！」

我決定去約花鈴她們，於是邁步走向大家所在的客廳。

※

夜空之下。我們躺在野餐墊上，眺望著遙遠的天空。

明亮而眩目的耀眼繁星在眼前延展，彷彿隨時都會墜落。我們一邊感受澄澈的空氣與清風，一邊眺望滿天的星辰。

「唔哇————！好漂亮喔————！」

「第一次看到這麼美的星空！咦？星星是這麼數之不盡的嗎？」

「嗯！都市裡是看不到這麼多星星的喔～」

這裡是剛才找到花鈴的那處山頂。或許是因為四周沒有光源，也可能是因為地勢較高，因此星星看得格外清楚。這幅光景讓三姊妹感動不已。

躺在地上看星星，這就是我提議蜜月旅行的結尾活動。

我想和她們三人一起欣賞美麗的東西，並且一起分享感動。

「天真大人，我也一起跟來真的可以嗎？既然要來，還是和小姐們來就好……」

「別那麼在意啦。看星星就是要人多才有趣嘛。」

我和愛佳小姐也一起躺在三姊妹身邊，眺望布滿夜空的星子。

「吶，光看也沒意思，不如各自找出自己的星座吧？我是處女座！」

「啊，好主意耶～來找找看吧！我是金牛座，花鈴是射手座對吧？」

兩人開始尋找起星座，「啊，那個！不覺得特別亮嗎？」「應該是北極星吧？」吱吱喳喳地喧鬧著。

此時，花鈴開口問我：

「學長、學長，光是抬頭用肉眼看，真的能知道每個星座嗎？花鈴根本分不出來哪個是哪個。」

「嗯？眼力好的人就看得出來吧。妳看，那個就是月乃的處女座。順便一提，這個時期的夜空上，大概不會有射手座和金牛座吧。因為那分別是夏季和冬季的星座。」

「原來是這樣～！天真學弟真是博學多聞呢～～」

「真虧你居然一下子就能找到……有什麼尋找的訣竅嗎？」

月乃猛然朝我探出身體詢問。

「喔～首先最好找的應該就是北斗七星吧。妳們看，那一帶的星星特別密集對吧？從那裡畫圓弧一路延伸出去，就能看到大角星和處女座的一等星角宿一，也就是所謂的春季大弧線。」

我一邊用手指出每顆星星，一邊依序說明。

「順道一提，春季大三角也在這附近喔。只要把剛才看到的大角星、角宿一，以及位在獅子座尾巴前端的二等星五帝座一連起來就是了。」

「哦～原來大三角不是只有夏季才有啊？」

「春夏秋冬四季都有喔。不過確實是夏季大三角最有名啦。」

就這樣大家一邊閒聊，一邊欣賞美麗的星星。春季大三角的璀璨光輝，在無邊無際的夜空中，格外吸引我的目光。

「吶吶吶，不覺得春季大三角很像我們嗎？我們也是三個人呀。」

「哈哈，有像耶。我們也把手牽起來看看。」

「啊，學長也一起牽手吧？來！」

說完，花鈴朝我伸出手。

「咦，為什麼啊？我也加入的話，就不是大三角了吧？」

「幹麼在意那些小事～順便問一下，天真學長最喜歡哪顆星星？花鈴果然是學長的一等星吧～？」

說嘛、說嘛～花鈴環住我的手臂。這傢伙，今天特別纏人耶……

「吶，學長……這麼暗的話，我脫掉衣服也沒人會發現吧？」

花鈴將臉湊近我的耳邊悄聲呢喃……喂，這傢伙在說什麼？

「美麗的繁星照耀花鈴的裸體……光想像就快溼了……！」

「等等等等等等！給我等一下！絕對不准亂來喔！」

真的拜託妳饒了我吧！天體觀測會變成變態觀測耶！

「這麼說來，不覺得春季大三角看起來很像內褲嗎？你看，都是三角形。」

「功虧一簣了啦！全被妳搞砸了！」

難得的浪漫氣氛，瞬間蕩然無存了！

「是說妳差不多可以放手了吧？愛佳小姐也在耶……」

「我無所謂喔？不妨再卿卿我我一點吧？畢竟是難得的蜜月旅行嘛。」

「喂，妳也稍微阻止一下啦！」

愛佳小姐在解開疑慮後，便全面容許我們任何打情罵俏的舉止。或許這是因為她非常認同我吧，不過這種時候拜託幫我阻止一下……

「啊，既然都來了，就順便拍張照片吧？當作各位第一次一起旅行的紀念。」

愛佳小姐從包包中，拿出一臺看起來非常昂貴的相機。

「哇，好棒喔！贊成！來拍吧、來拍吧！」

「這麼說來，這還是第一次和天真學弟合照呢～」

月乃和雪音小姐馬上興沖沖地站起來。

這的確也很像蜜月旅行會做的事呢……這麼一想，我也跟著起身。

與此同時，花鈴突然開口說：

「那個……既然要拍，愛佳學姊也一起入鏡吧？」

「咦？」

聽見花鈴的話，愛佳小姐從相機後方探出頭，接著她露出一臉歉疚的表情。

「不、不了……難得拍蜜月旅行的照片，我這個局外人怎麼能一起入鏡……」

「愛佳學姊才不是局外人呢。再說要拍照的話，當然就要大家一起拍嘛！」

「就是啊。光是讓愛佳小姐當攝影師，我們也很過意不去。」

「愛佳也一起來拍吧～難得的旅行紀念嘛～」

三人一起朝愛佳小姐招手。我也接在她們後面開口說：

「也是，我也覺得大家一起拍比較好。應該有倒數計時的功能吧？」

「連天、天真大人也這麼說……我知道了，如果大家不介意的話……」

愛佳小姐害羞似的雙頰泛紅。她將相機固定在三腳架上，並設定好倒數計時功能。

「快來，愛佳！快點、快點！」

「快點一起排好！」

「好、好的……！失禮了。」

在雪音小姐她們的招手下，愛佳小姐走向我們。她急急忙忙地趕在快門按下前，往我們跑過來。

然而……

「啊，失態——！」

就在快要來到我們身邊之前，那個兩光女僕居然跌了個大跤。大概是腳滑吧，她整個人撲向站在最左側的花鈴，接著又反射性地抓住花鈴的裙子，猛然往下一拉。

「噫唔哇！」

花鈴裝飾著荷葉邊的內褲當場露了出來。而花鈴在愛佳小姐的推擠下，又順勢撞向她身旁的月乃。

「呀啊啊！」

撞擊的力道使得月乃也跟著順勢往站在她對面的我倒過來。她兩手環住我的身體，以緊緊抱住我的姿勢，整個人壓到我身上。

如此一來，我當然也逃不過被波及的命運了。此後，有如骨牌效應一樣，承載了三人體重的我，又再倒向我身旁的雪音小姐。

為了保護雪音小姐，我使盡吃奶的力氣想要撐住；結果還是徒勞無功。感到萬分抱歉的我，側身倒了下去。

「啊啊嗯！」

感覺壓到了非常柔軟的身體。被我牽連的雪音小姐也跟著倒下。

被所有人壓在最底下的雪音小姐，發出痛苦的呻吟——

「啊啊，我要被壓扁了……！好重，好痛……哈啊啊嗯♪」

啊，騙人的吧。因為這個在興奮。她的身體因為跌倒的痛楚而狂喜地顫抖著。

「啊嗯……！花鈴的裙子被脫掉了……！在這種野外，內褲都被看光光了……！」

花鈴似乎也興致高昂！從聲調聽來，絕對是在亢奮吧，我非常清楚！

「天真……身體好燙喔……！」

唔，居然連月乃也在不知不覺間發情起來——！抱住我的身軀，讓她的情慾一口氣高漲——！

這個狀況就各方面來說都非常不妙啊！又發生多起同步色情攻擊啦！

再這麼下去，三姊妹就會知道彼此的性癖。必須在那之前，立刻替她們滅火才行！

我這麼想，同時不經意地看向始作俑者愛佳小姐。

「……一、一切都在計畫之中……！為了讓小姐們開心……」

少來了啦！妳明明就只是不小心跌倒吧！剛才明明說了「失態」喔！是說那種事現在根本就不重要啦！

「那個，愛佳小姐！拜託妳快點想想辦法啦！我完全不得動彈！」

「好、好的！真的很抱歉！」

愛佳小姐站起身，試圖扶起我和三姊妹。

過程中，她靠到我耳邊小聲問道：

「那個，話說……我迷糊的一面，應該沒有被小姐們發現吧……？」

「不，那麼明顯，不被發現才怪……未免也跌得太慘烈了……」

對於向來認為十全十美的愛佳小姐，居然會有如此窩囊的一面；她們三人搞不好會感到有些失望吧——

『多虧愛佳學姊跌倒，我才能在野外大露內褲……♪』

『多虧愛佳小姐跌倒，我才能抱住天真。哈啊哈啊……！』

『愛佳、天真學弟，再加上妹妹們的重量，太剛好了……！』

——不，感覺上……她們三人反而非常感謝愛佳小姐。光看她們的樣子就能知道了。她們絕對壓根都沒想到迷糊鬼這個詞吧。

就在此時，突然發出一道刺眼的閃光，同時傳來快門的聲音。像疊疊樂一樣摔成一團的我們，被相機鮮明地捕捉下來。

結果，照片上十分忠實地記錄下露出內褲的花鈴、滿臉通紅抱著我的月乃、被大家壓倒在地的雪音小姐，以及急得像熱鍋上的螞蟻並設法解救大家的愛佳小姐。

我們的蜜月旅行就在手忙腳亂的突發狀況中，劃下了句點。

尾聲

回程的電車上，除了我以外的其他人全都睡著了。

天真學長、愛佳學姊以及雪音姊坐在三人座上，我和月乃姊則是一起坐在同一排的兩人座。

「唉……」

看著車窗外流轉而過的風景，我不禁嘆了口氣。

這次和大家一起度過的蜜月旅行，真的好開心。雖然期間發生了很多事，但事後再回頭看看，全都化作美好的回憶。結果漫畫出道的事，似乎又能繼續進行了。

唯有一件事。有件事讓我遲遲無法釋懷。

「天真學長……是怎麼想的呢……」

聲音不由自主地從唇瓣流洩而出。而就好像是回應我似的——

「嗯……咕哈啊……」

從一旁傳來細微的哈欠聲。轉頭一看，月乃姊帶著濃濃睡意睜開惺忪的睡眼。

「啊，姊姊，妳醒啦？」

「嗯……醒了……坐著果然很難入睡……」

說完，月乃姊大大地伸了個懶腰。遠比我更加雄偉的胸部，軒昂地強調著存在感。

「啊……不過醒來後也沒事做耶～手機又快沒電了。」

她拿出手機後又收了起來，隨口發起牢騷。

「不然……繼續來聊先前的戀愛話題吧？」

我忍不住這麼提議。

「戀愛話題……？又要聊……？」

「嗯……只有這種時候才有機會聊嘛。」

「我是可以啦……怎麼？妳是不是有什麼話想說？」

聽到姊姊這麼說，我也豁出去直截了當地問：

「……天真學長有沒有喜歡的人呢……」

「啥？」

天真學長究竟有沒有心儀的對象呢？從蜜月旅行的尾聲開始，我就一直非常在意。

我認為學長應該沒有女朋友。他個性一板一眼的，而且空閒時間好像都拿來讀書，

說到底，他一副就是對女生沒意思的樣子。我在他面前全裸了那麼多次，別說是襲擊我

了，反而還會警告我。

然而，我之前不小心看到了。學長以前收到疑似情書的信。那封信會出現在學長房裡，就表示他非常珍惜那封信，甚至不惜特地從家裡帶來。換句話說，學長說不定對那位寄件人很有好感……他或許已經有了心儀的對象……

那封信看起來有點久遠了，字跡應該是小朋友的字，平常的話，我大概不會那麼在意；不過……

那個字跡……如果我想得沒錯的話……

「不不不，他怎麼可能會有，這個想也知道。因為他對戀愛這類的事，實在太不感興趣了嘛。」

「嗯、嗯……妳果然也這麼想吧……？」

月乃姊果然也和我想得一樣，都認為學長是與戀愛無緣的人。

「話說回來，花鈴為什麼要問這個？聽起來很像是喜歡上天真了喔？」

「唔——！」

月乃姊露出半開玩笑般的笑臉問我。

聽在別人耳裡，果然會這麼想吧……這下恐怕很難再隱瞞下去了。

「…………對、對啦。」

「咦？什麼？」

「花鈴……喜歡上學長了……」

我努力擠出聲音，將自己的心意告訴月乃姊。

※

「花鈴……喜歡上學長了……」

聽到花鈴這麼說時，我整個人跳了起來，全身忍不住顫抖。

「咦……咦……？那是……什麼意思……？」

「什麼意思……？就是字面上的意思呀……？」

花鈴一臉困惑地說。但感到困擾的人應該是我才對吧！

咦……奇怪？這也就是說……

「花鈴……妳是真的喜歡他嗎……？」

「……（點頭！）」

就在花鈴點頭的瞬間，我全身雞皮疙瘩全豎起來。

咦，為什麼……？為什麼花鈴會對天真……？

「月乃姊……妳怎麼了……？」

「不，沒有……什麼也沒有……」

老實說，我真的嚇了一大跳。沒想到花鈴會一臉正經地跟我聊戀愛話題……而且對象還是天真……

「啊……呃……啊……那個……」

糟糕。我一句話都說不出來。

妹妹喜歡上天真。妹妹有了喜歡的人。

一般來說，這時候應該要大力為花鈴加油，或是大笑揶揄她才對吧？

可是，我卻無法擠出像樣的笑容。非旦如此，總覺得快不能喘息了。心臟彷彿被人緊緊握住似的，幾乎喘不過氣來。

太奇怪了……這是為什麼……？我是怎麼了……？

「吶……月乃姊。」

「噫！什、什麼？怎麼了……？」

我音調高八度地回應她。啊——討厭啦！我到底是怎麼了……！

「姊姊也會替我加油吧……？」

「加、加油……？」

對於花鈴的問題，我竟然無法立即作出回答。這時候明明應該笑容滿面地回她「當然囉！」才對吧……這種感覺簡直就好像是我喜歡上天真一樣——

不，這是絕對不可能的！我怎麼會喜歡天真……！

「…………啊。」

就在這道念頭冒出來的瞬間，自己心中的某個疑惑突然豁然開朗。

我一直覺得很奇怪。為什麼至今唯獨對天真仍會忍不住發情呢？之前在那場派對上，我和瀧川諒太一起跳舞時，明明完全沒有發情；為什麼對象換成天真時，我至今依舊還是會理所當然地發情呢？

理由大概就是——我喜歡天真吧……？

這趟旅行中，我對他懷抱的感情有如走馬燈一樣竄過腦海。

在露天浴池看到他和雪姊、花鈴打情罵俏時，我有種不明所以的嫉妒感。在尋找花鈴時，不禁對他油然升起一股信任感。還有練習結婚典禮時，被他抱在懷裡的悸動感。

「——！」

該不會連我也喜歡上他了……？

騙人……我才不想承認。應該說，我才不會承認。

居然和妹妹喜歡上同一個人，這是絕對不可能的。

「月乃姊……？妳還好嗎……？花鈴是不是說錯話了……？」

「不，沒有……我沒事……妳別擔心，我一定會為妳加油的……」

「真的嗎？耶——！謝謝妳，月乃姊！」

花鈴的雙眼中，閃耀著喜悅而天真的光芒。

另一方面，我則是有如要扼殺內心的情感一般，緊緊揪住自己的胸口。

後記

各位好，我是浅岡旭。

誠摯感謝各位購買《就算是有點色色的三姊妹（以下略）》第二集。

多虧有大家的支持，才能順利出版第二集！真的是感激不盡！

而本作非常榮幸地在第一集上市後不久，便隨即決定再版，而且也預計將在《月刊COMIC ALIVE》連載改編漫畫。可以讓這麼多讀者閱讀本作，真的讓我感到無比幸福。為了不辜負各位的期待，雖然能力薄弱，我今後也會繼續努力不懈。

言歸正傳，這次的後記一共有六頁，內容有點長。

責編不斷向我施壓：「難得頁數這麼多，一定要寫得有趣一點才行喔～」「寫第二集時，有沒有發生什麼趣事呢？」一直要我寫點有趣的事。

「完全沒有啦！」——這是我真正的心聲。這樣的要求已經堪稱為權力騷擾了。應該立法禁止強迫寫有趣的後記。

好了，玩笑就開到這裡，來寫寫最近難得發生的小插曲吧。

其實在撰寫本作時，在各種因緣際會之下，我和過去的友人（而且還一次兩個人！）重逢了。

一位是學生時代的社團夥伴M同學。

我過去參加話劇社時，兩人曾一起同臺演出。當時的我對話劇一竅不通，M同學是與我一起練習臺詞、在快撐不下去的時候相互鼓勵，所有排練的辛苦和正式演出的快樂都共同分享的朋友。

某天，當我打開某Facebook帳號時，偶然收到來自與M同學同名同姓之人的追蹤通知，彼此聊了一下後，發現對方真的是本人。似乎是碰巧找到我的頁面，覺得很懷念才按下追蹤的。

M同學現在似乎同樣遊走在各大劇團，以演員身分發光發熱，另外也有接聲優的工作。雖然M同學原本就很喜歡演戲，但沒想到會正式踏上演員之路，真的太令人驚訝了。從學生時代起，M同學便一直十分努力，是位非常了不起的人。

順道一提，M同學是與我同年的女性。所以我開心得都快飛上天了！

朋友當中居然出了個聲優，感覺自己也一起沾光，瞬間高人一等。

我相信所有的輕小說作家，都對女聲優抱有奢望。

「好想聽到聲優小姐唸出自己作品當中的女主角臺詞！」

一知道她也有當聲優後，我立刻送她一本《就算是有點色色的三姊妹（以下略）》，還對她說：「下次見面時，唸女主角的臺詞給我聽吧！」

她會用什麼樣的感覺來唸月乃、花鈴和雪音的臺詞呢？我無比地期待。

然而在那之後，她便斷了聯絡。大概是讀了我的書之後，決定對我已讀不回吧。

她果然對於女主角居然會說出：「讓我成為你的奴隸吧！」「請看著變態的花鈴吧！」或是「好想讓天真又大又有男人味的手揉胸部喔！」這種臺詞的作品有所抵抗吧。她想必也很煩惱，不知該回我什麼才好。（也可能只是單純太忙碌了也說不定。）

對不起，M同學，請妳原諒我吧。是我考慮不周。擅自妄想得很開心。

至於另一位則是學生時代的友人K。

K同學是和我上同一間補習班的朋友。由於現在住得比較遠，所以已經許多年沒見了，知道我出書後，還久違地打了電話給我。

順道一提，這位也是女性。接到她的電話時，我情緒激昂到突破天際。

其實我在學生時代，對她一直抱有好感。雖然沒有告白，但偷偷在內心想：「這孩子真不錯呢～」

聽到曾經暗戀的女性對自己說：「恭喜！」「好久不見，出來聊聊吧？」大家會怎麼想呢？當然會湧現各種期待吧？我同樣也是相當期待。

在腦海中妄想著，接下來兩人的故事即將揭開序幕，時隔多年的戀曲即將奏響第一個音符。

之後我們約在老家附近見面，我滿懷期待地前往約好的地方。

她居然已經有孩子了。

一看到抱著孩子等我的K同學，我瞬間看透了一切。

我的戀情完完全全地拉下鐵門。連一毫米的縫隙也不留。我們很平常地吃完飯後就分別了。

明明自己沒有主動去牽線，卻能和過去的女性友人重逢，這應該是非常難得的事吧？而且兩邊最後都無疾而終，夠稀罕了吧？真不愧是輕小說作家，超沒女人緣的！

（其他作者們，對不起了！）

說個題外話，小寶寶超可愛的！小寶寶比像想中更重、更溫暖呢。

看了K同學的寶寶，我也稍微思考了一下。萬一未來我有了孩子，我是否可以扮演好父親的角色呢？

例如孩子五歲時，我一定會被女兒或兒子問到我的職業是什麼。

那時候，我是否還能抬頭挺胸地以父親自居呢？我稍微地想像了一下下。

浅岡二世：「爸比～爸比的工作是什麼啊～？」

我：「爸比在寫小說喔。」

浅岡二世：「好厲害喔！是什麼樣的故事呢～？」

我：「就是《就算是有點色色的三姊妹，你也願意娶回家嗎？》喔！」

浅岡二世：「啥？好噁心！離我遠一點！」

雖然我很喜歡這部作品，並且帶著滿滿的自豪寫作，但父親在寫這種作品，小孩子很可能會因此而墮落吧。尤其是生女兒的話，已經可以預見她絕對會用冷眼看我吧。

不過，還沒結婚就開始想這些也沒有意義。哪裡可以找到像月乃她們一樣色色的女孩呢……

好了，頁數所剩無幾了，接著就來寫謝詞吧。

責編S大人，每次都給您添了不少麻煩，真的很抱歉，同時也非常感謝您。聽說您一整年都在感冒，由衷祈禱不是我害的才好。請您多多保重身體。

為本作繪製插畫的アルデヒト大人，感謝您這次也提供了美麗絕倫的插圖。新角色愛佳的插圖非常可愛，帶給我無限的刺激。封面和彩頁花鈴的情色感也棒透了。

誠摯地感謝與本書出版以及販售有關的各位人士。正因為有各位的支持，本書才得以問世。

最重要的是各位讀者大人，真的非常謝謝您們，容我在此致上最深的謝意。

往後也請繼續守望色色的三姊妹了。

二〇一九年七月某日　浅岡旭

這是妳與我的最後戰場，或是開創世界的聖戰 1~6 待續

Kadokawa Fantastic Novels

作者：細音 啓　插畫：猫鍋蒼

女王暗殺未遂事件的混亂不斷擴大，危機接踵而來！
魔女布下的天羅地網即將大大敲響鐘塔上的掛鐘！

伊思卡一行人加緊腳步前往涅比利斯王宮，皇廳第一公主伊莉蒂雅則是以第三公主希絲蓓爾僱用帝國軍為護衛一事作為要脅，將伊思卡一行人招待到了名為別墅的鳥籠之中。愛麗絲擔心希絲蓓爾的安危也趕赴到別墅，三姊妹就此齊聚一堂……

各 **NT$220~240/HK$73~80**

我喜歡的妹妹不是妹妹 1~8 待續

Kadokawa Fantastic Novels

作者：惠比須清司　插畫：ぎん太郎

「其實我……我一直都很喜歡哥哥！」
為了有望當上作家的祐，涼花提供的協助是……!?

祐的投稿接到出版社回應，在通往作家之路又邁進一步。涼花主動協助倒還算好……祐向舞她們尋求建議，卻變成要描寫理想的命運相會，靠震撼力來分輸贏，還爆發愛情喜劇大論戰!?又是求親吻，又是讓祐撒嬌，又被告白，展開驚滔駭浪大對決——！

各 **NT$200~220/HK$67~73**

終將成為神話的放學後戰爭 1~8 待續

Kadokawa Fantastic Novels

作者：なめこ印　插畫：よう太

賭上一切對抗吧，
這場戰鬥將成為嶄新神話的序曲！

神仙天華率領的「新生神話同盟」一邊蹂躪世界，同時為了獲得「唯一神」的權能，持續侵略教會的根據地梵蒂岡。在闖入梵蒂岡前夜，夏洛與布倫希爾德跟雷火的戀情開花結果，終於行周公之禮——但阻擋在他們面前的是教會的最強戰力！

各 **NT$220~250/HK$68~82**

約會大作戰DATE A BULLET 赤黑新章 1~5 待續

Kadokawa Fantastic Novels

作者：東出祐一郎　原案・監修：橘公司　插畫：NOCO

狂三為了贏得撲克牌對決，
竟然在夜晚的街頭當兔女郎？

「想讓我打開通往第六領域的門——就去賺錢吧。」第七領域支配者佐賀繰由梨提出這樣的條件。時崎狂三與緋衣響為此要到賭場賺錢，但玩吃角子老虎賺的錢對目標金額仍是杯水車薪。於是狂三賭上全部財產，與齊聚到第七領域的眾支配者以撲克牌對決！

各 **NT$220~240/HK$68~80**

約會大作戰 1~20 待續

作者：橘公司　插畫：つなこ

Kadokawa Fantastic Novels

精靈們為了釋放靈力讓世界存續下去，
恐將成為史上最大規模的精靈戰爭揭開序幕！

五河士道回歸安穩的日常，然而，狂三說出一個令人震驚的事實。「──若是置之不理，不久後，世界將會連同十香一起自我毀滅吧。」精靈們決定展開一場大混戰來擠出用以維持世界的靈力！在被搶救成功的世界，與唯一犧牲的少女約會，讓她迷戀上自己！

各 **NT$200~260/HK$55~87**

刺客守則 1~10 待續

Kadokawa Fantastic Novels

作者：天城ケイ　插畫：ニノモトニノ

梅莉達與愛麗絲陷入情非得已的對立狀態？
捨棄一切的時刻造訪無能才女與暗殺教師——

萊寶財團社長庫羅巴，企圖利用公爵家千金動搖貴族階級，庫法要阻止他的唯一辦法，同時也是白夜騎兵團派給庫法的無情任務是——收拾掉愛麗絲．安傑爾。該選擇身為教師的立場？對白夜騎兵團的忠誠？抑或梅莉達的性命呢？苦惱之後庫法做出了決定……

各 **NT$220~260/HK$68~87**

轉生為豬公爵的我，這次要向妳告白 1~2 待續

Kadokawa Fantastic Novels

作者：合田拍子　插畫：nauribon

豬公爵在學園的評價由負轉正！
還將擔任女王之盾的榮譽騎士!?

藉由諾菲斯事件從差評轉為好評的我，竟收到王室守護騎士選定試煉的參加邀請!?那可是擔任達利斯的女王之盾的重責大任！然而前去選定試煉的人除了豬公爵還有艾莉西雅公主，他們竟遇到將來會讓這個國家陷入最大危機的「背叛之騎士」!?

各 **NT$220/HK$73~75**

問題兒童的最終考驗 1~6 待續

Kadokawa Fantastic Novels

作者：竜ノ湖太郎　插畫：ももこ

大陸之謎越發深邃☆金翅之焰展翼翱翔！
地上發生異變的時候，耀在最底層遭遇到的存在又是什麼——

問題兒童們和黑兔與御門釋天等人會合後，一行人強制因戰鬥而耗損的逆迴十六夜安靜休息，同時繼續研究亞特蘭提斯大陸的謎題。而後，舞台轉移到地下迷宮。單獨先行前往最底層的春日部耀與負責尋找石碑的其他人卻因為火山突然爆發而導致事態丕變！

各 **NT$180~220/HK$55~75**

專業輕小說作家！ 1~2（完）

Kadokawa Fantastic Novels

作者：望公太　插畫：しらび

宅男大膽向辣妹告白，
會被當成噁宅還是變成現充!?

「嫁給我吧。」神陽太向擔任助手的青梅竹馬結麻，坦承隱藏多年的心意，兩人的關係產生決定性的變化——同時陽太開始為後輩小太郎展開特訓，以便將她從「不講道理的輕小說界」裡拯救出來！沒加班費又忙到爆肝的輕小說作家青春戀愛喜劇！

各NT$220/HK$73

魔法科高中的劣等生 1~29 待續

Kadokawa Fantastic Novels

作者：佐島 勤　插畫：石田可奈

為了救出水波，達也勇往直前
卻有「最棘手的敵人」擋在他的面前！

USNA軍非法魔法師暗殺小隊「illegal MAP」出動暗殺達也，其魔掌也伸向達也的朋友們！不只如此，稀世忍術使藤林長正也以刺客身分擋住達也的去路，面對操縱亡靈的強敵，達也如何應對!?接下來是「那個男人」化為「最棘手的敵人」擋在他的面前——！

各 **NT$180~280/HK$50~76**

國家圖書館出版品預行編目資料

就算是有點色色的三姊妹,你也願意娶回家嗎? / 淺岡旭作 ; Y.S.譯. -- 初版. -- 臺北市 : 臺灣角川, 2020.11-

冊 ; 公分. -- (Kadokawa fantastic novels)

譯自 : ちょっぴりえっちな三姉妹でも、お嫁さんにしてくれますか?

ISBN 978-986-524-068-4(第2冊 : 平裝)

861.57 109013960

Kadokawa
Fantastic
Novels

就算是有點色色的三姊妹，你也願意娶回家嗎？ 2

（原著名：ちょっぴりえっちな三姉妹でも、お嫁さんにしてくれますか？2）

2020年11月19日　初版第1刷發行

作　者：浅岡旭
插　畫：アルデヒド
譯　者：Y.S.

發行人：岩崎剛人
總編輯：蔡佩芬
編　輯：彭曉凡
美術設計：莊捷寧
印　務：李明修（主任）、張加恩（主任）、張凱棋

發行所：台灣角川股份有限公司
地　址：105台北市光復北路11巷44號5樓
電　話：（02）2747-2433
傳　真：（02）2747-2558
網　址：http://www.kadokawa.com.tw
劃撥帳戶：台灣角川股份有限公司
劃撥帳號：19487412
法律顧問：有澤法律事務所
製　版：巨茂科技印刷有限公司
ＩＳＢＮ：978-986-524-068-4